매드독스 10권

초판1쇄 펴냄 | 2017년 08월 25일

지은이 | 까마귀
발행인 | 성열관

펴낸곳 | 어울림 출판사
출판등록 / 2009년 1월 23일 제313-2009-12호
주소 / 경기도 고양시 일산동구 장항동 731 동하넥서스빌딩 307호
TEL / 031-919-0122
FAX / 031-919-0127
E-mail / 5ullim@hanmail.net

Copyright ⓒ2017 까마귀
값 8,000원

ISBN 978-89-992-4204-5 (04810)
ISBN 978-89-992-3821-5 (SET)

매드독스

10

까마귀 현대판타지 장편소설

어울림

목차

필독

　본 소설에 등장인물과 사건 및 특정용어에 대해선 현실과
전혀 무관합니다. 오로지 작가의 머릿속에서 나온 상상력이
니 오해가 없으시길 부탁드립니다.

완전히 드러난 뿌리

차준혁이 태백을 다녀온 지 며칠이 지났다.

이지후로부터 결과가 나왔단 소식에 곧장 정보팀 사무실을 찾았다. 그리고 찾아놓은 결과물들을 확인했다.

제일 먼저 확인한 것은 노인에게 들었던 마을 자랑이었다. 김정구의 마을사람들이 현재 어디서 근무하고 있는지가 신원확인으로 화면에 떠올랐다.

"대단한 마을이네. 어떻게 죄다 사짜 아니면 대기업에서 일을 해?"

목록 중에 노인이 자식자랑을 했던 진성그룹의 임원도 있었다. 그밖에 검사, 판사, 변호사부터 대형병원 의사나

대학교수까지 다양했다.

"이거 만만치 않은 상황일 것 같다."

"왜? 저 사람들이 죄다 천익이랑 관련됐단 말이야?"

"생각했던 것보다 천익이 정치경제에 깊숙이 침투한 거야. 마치 겨레회처럼 말이야."

현재 겨레회도 대한민국 곳곳에 자리를 잡고 있었다. 그런데 지금 알아낸 정보대로라면 천익 또한 그와 흡사한 형태를 가지고 있다는 의미였다.

"그럼 어떻게 해?"

"일단은 차차 생각해보기로 하고 다른 화면도 좀 띄워봐. 하람고아원 기록은 찾아봤어?"

이번 정보는 이지후가 아동복지센터 쪽을 해킹해서 알아낸 것이다.

"입양기록부터 찾아봤는데 좀 이상해."

"뭐가?"

화면이 바뀌자 차준혁이나 옆에서 같이 보던 신지연도 고개가 갸웃거렸다. 그런 반응에 이지후는 설명을 덧붙이며 이어갔다.

"전부 다 외국으로 입양됐어. 나이 대는 평균적으로 11살에서 12살 정도야."

"그 나이에 입양? 그것도 해외로?"

보통 해외입양은 2살 미만인 경우가 많았다. 그런데 웬

만큼 성장한 상태에서 계속 이뤄졌다는 것이 이상하게 생각되었다.

"더 웃긴 것은 입양한 사람이나 입양된 아이의 흔적이 서류절차가 확정되자마자 사라졌다는 거야."

아동복지센터에서도 입양 확정이 된 아이에 관해서 이후 사정은 관심 갖지 않는다. 그러니 누군가 관심을 가지지 않으면 알아내기 힘든 정보였다.

"그럼 입양된 아이가 어디로 흘러들어갔다는 건가?"

"나야 거기까지는 모르지. 하지만 인신매매가 아니라면 어딘가에 이용되지 않을까?"

차준혁은 점점 복잡해지는 상황에 머리가 아파왔다. 그러다 다시 화면이 바뀌더니 위성지도가 떠올랐다.

"이건 네가 알아보라던 태백 쪽의 지도와 등기부."

"소유자가 나도명? 이건 누구야?"

"주소지는 네가 저번에 들렀던 마을로 나오네. 소유한 땅을 보니 산 너머에 있는 심포마을도 대부분 그 사람 소유로 되어 있어. 고아원 부지도 그렇고."

태백은 땅값이 비싼 지역이 아니었다. 그런데 나도명이 소유한 부지 정도라면 금액만으로도 상당했다.

"사진은 구할 수 없어?"

"올해 나이는 61세. 결혼도 안 했어. 인터넷을 뒤져봤지만 아무런 정보도 안 나와. 핸드폰 가입내역도 없어. 이 정도면 외지에서 혼자 사는 사람인데."

그사이 신지연의 표정은 좋지 못했다. 입양된 아이들의 행방을 알 수 없다는 사실 때문이다.

"괜찮아요?"

차준혁은 그런 신지연을 보며 어깨를 감쌌다.

"아… 미안해요. 생각을 좀 하느라고요."

"보면 알겠지만 해외입양기록은 10년 전부터 시작됐어요. 그때라면 지금쯤 성인이 되었겠죠."

입양된 초창기 아이들이라면 11~12살이니 현재는 21~22살이었다. 그 아이들이 어떻게 된 것인지 모르지만 신지연의 입장에서는 걱정이 되었다.

"준혁아. 그보다 이 위성사진 자사에서 덮어씌워진 거야. 내 생각에는 위성지도를 지급해주는 기업에도 천익의 사람이 있는 것 같은데."

위성지도는 지도 프로그램을 사용하는 기업에서 납품받게 된다. 한곳에서만 수정한 것이 아니라면 납품한 곳이 문제였다.

이지후도 그런 부분을 예상해 말한 것이다.

"아주 글로벌하게 퍼져 있는 건가? 아니면 담당직원을 매수해서 바꾼 것일 수도 있지. 일단 무엇이든간에 숨길 것이 있다는 말이겠고."

"뭘 숨기려는 걸까?"

"확인해봐야지."

차준혁은 숲으로 덮어진 위성지도를 보며 미간을 찌푸렸다. 그러다 숲 사이로 뭔가 보이는 것 같았다.

"저 부분 좀 확대해줄 수 있어?"

수정된 지역 북쪽에 있는 희미한 부분이었다. 그 물음에 이지후는 눈을 가늘게 뜨며 화면을 확대하더니 선명해지도록 만들었다. 하지만 위성지도이다 보니 한계가 있었다.

"저게 뭐야? 선인가?"

이상하게 생각된 부분에는 초록색 선이 희미하게 삼각모양으로 그려져 있었다. 당연히 지도에 그려진 것이라고 생각하기는 힘들었다. 그런 모양의 구조물이 나무 위로 솟아올라와 있다는 의미였다.

"어떤 구조물인 것 같은데. 안테나인가?"

"하지만 저 지역에 세워질 만한 구조물은 없어. 그리고 사유지에다가 누가 그런 걸 세워?"

이지후도 그 정도 지식은 있는지 말도 안 된다며 혀를 내둘렀다.

"확인을 해봐야겠는데."

"직접 가시게요?"

계속 걱정을 하고 있던 신지연이 놀라면서 물었다.

"제 눈으로 뭐가 있는지 확인해봐야 할 것 같아요."

차준혁은 그렇게 말하고 이지후를 쳐다봤다.

"지후는 나도명에 대해서 파봐."

"결국 일은 끝나지 않네."

투덜거리는 대답에 차준혁은 그의 어깨를 한 번 잡아주고 자리를 옮겼다.

"모이라이의 차준혁이 여길 와?"

김정구의 물음에 나도명은 고개를 숙이며 말했다.

"이번에 모이라이에서 창설한 은가람 복지재단의 시찰을 위해 하람고아원에 방문했다고 합니다."

"하람에……?"

그 대답에 김정구의 미간이 씰룩였다.

"별다른 문제는 없었습니다. 그저 이선애 원장과 몇 마디 주고받고 고아원을 떠났습니다."

"후의 행적은?"

"감시카메라를 확인해보니 이 마을에도 방문했습니다. 행동을 보니 산책 같던데… 그 과정에서 임 영감이 쓸데없는 말을 주절거렸나봅니다."

이야기를 듣던 김정구의 미간은 아까보다 더욱 구겨지며 위로 치켜떠졌다.

"무슨 말을 했나?"

"선대 어르신에 대해서였습니다. 그리고 자기 딴에는 동네와 자식자랑을 했다고 합니다."

"의심의 여지는?"

질문이 계속해서 이어졌다. 이에 나도명도 객관적으로 판단하여 입을 열었다.

"어차피 모든 기록을 남기지 않은 상황입니다. 임 영감도 그가 직접적으로 물어본 것은 거의 없다고 했습니다."

"괜히 꺼림칙하군."

"모이라이에서 우리가 하는 일을 알 리가 없지 않겠습니까. 그리고 안다고 해서 아무런 관련도 없으니 끼어들지도 않겠죠."

나도명의 말도 틀린 것은 아니었다. 어차피 차준혁도 대외적인 방문목적은 재단운용에 있어서 시찰을 한 것이니 말이다. 거기다 다른 움직임도 없어 뭔가를 의심하기 힘들었다.

"자네 말이 맞겠지. 내가 지난 일로 신경이 좀 날카로워진 것 같군."

MR제약에서 아피솔라젠이라는 진정제계통 신약을 성공적으로 발표한 탓이었다. 그로 인해 천익에서 투척했던 세인트메디슨의 불법임상실험에 대한 사실이 무력화되었으니 골치가 아플 만했다.

"모이라이에서 예상치 못한 수를 꺼낼 줄은 홍주원 이사도 예상하지 못했을 겁니다."

"하지만 이대로 간다면 노먼 회장의 지반만 튼튼하게 만들어주는 꼴이 아닌가."

이번 MR제약의 신약발표로 공동개발의 문제점이 회복되었다. 그것으로 세인트메디슨에서의 노먼 회장은 기업 내에서 힘을 찾기 시작했다.

완전히 굳어지기 전에 처리하지 않으면 천익이 준비 중인 계획은 또다시 무너지게 될 것이다.

"방법을 모색 중입니다. 그리고 지금처럼만 가도 도련님께서는 무사히 대통령에 오르게 될 겁니다."

그가 말한 도련님이란 바로 김태선이었다. 물론 호적상으로 김태선과 김정구는 아무런 관계가 없었다.

모든 것을 지금의 계획을 위해 실행해왔다.

태어난 지 얼마 되지 않았던 김태선을 병사로 죽은 것으로 만들고 천익에서 관리하는 고아원으로 보냈다.

그 이후에는 충실한 심복에게 입양시켜 조도에서 살도록 만들었다. 거기서부터는 누구나 알고 있는 사실 그대로였다.

어렵게 자라면서도 변호사가 되었고, 국회위원에 차기 대권주자까지 되었다. 물론 그러한 결과는 배후에 김정구가 있었기 때문에 가능했다.

뒤에서 모든 것을 조종해왔다. 그런데 이제와 중요한 행보 하나가 막힘을 보였다.

"자네가 생각하기에는 우리 태선이가 무사히 대통령이 될 수 있을 것이라 생각하나?"

"저는 문제가 없다고 생각합니다. 그만큼 어르신께서 준비해오시지 않았습니까."

오랜 세월 동안 준비한 너무나 완벽한 시나리오였기에 나도명은 믿어 의심치 않았다.

"원했던 결과가 눈앞에 나오기 전까지는 긴장을 풀어서는 안 되지."

순식간에 분위기가 무거워지자 나도명은 곧바로 고개를 깊이 숙였다.

"죄송합니다. 어르신. 제가 실언을……."

"아무튼 세인트메디슨은 투자한 돈 때문에라도 버릴 수 없으니 그냥 두도록. 아무리 강건하더라도 노면 회장은 언젠가 무너질 테니 말이야."

김정구는 상황을 보고 냉정하게 판단했다. 모이라이 때문에 세인트메디슨이란 패가 당장은 쓸모가 없어졌기 때문이다.

"알겠습니다. 그럼 다른 방법부터 찾아보도록 하겠습니다."

차준혁은 IIS서울지부에 방문해 미처 알아내지 못했던 김제성에 관한 사실을 듣게 되었다.

"사채업계의 전설. 백송이라 불린 김제성이 천익의 모체였다는 말이로군요. 그 김제성의 아들이 뒤를 이어 지금의 천익을 완성한 것이고요."

그처럼 IIS본사에서 서울지부까지 나온 주상원이 그런 설명을 마치고 고개를 끄덕였다.

"맞습니다. 올 서치 프로그램으로 확인한 결과 전국에만 125개의 기업들이 백송의 돈을 받아 회사를 세운 것이더군요."

이에 차준혁은 화면에 뜬 목록들을 확인해봤다. 모이라이 정보팀에서 봤던 천익과 관련된 기업들이란 것을 알 수 있었다.

"저 기업들의 출자를 김정구의 부친이 내주었다면 지금까지의 정황이 당연하네요. 애초부터 주인이 따로 있었으니 말이죠."

"하지만 당장 손을 쓰기에는 규모가 너무 큽니다."

"그렇다고 가만히 둘 수는 없죠. 위험을 감수하고서라도 어떻게든 쳐내야 합니다."

그 대답에 주위를 둘러싼 주상원과 부장급 요원들이 멀

뚱히 쳐다봤다. 순간 이상한 분위기가 되자 차준혁은 머리를 긁적였다.

"왜… 그러십니까?"

"유중환 사범님과 비슷한 말씀을 하셔서 말입니다."

차준혁은 소중한 이들과 대한민국을 지키기 위해서 떠올린 말이었다. 중요한 목적을 두고 망설임을 보여선 안 되었으니 지금 대답은 당연했다.

"그랬나요? 흠! 흠! 아무튼 김제성, 김정구 부자가 만든 기업라인은 모이라이에서 맡겠습니다."

IIS는 표면적으로 드러나선 안 되는 조직이다. 기업을 건드리면 자칫 추적당할 수 있으니 기업 쪽에서 움직일 필요가 있었다.

"그래주신다면야 감사할 따름이죠. 저희는 125개 기업의 동태를 마크하겠습니다."

기업들이 천익과 접촉할지 모른다고 생각했기 때문이다. 그러나 차준혁은 그건 아니라고 여겼다.

"천익은 절대로 그들과 따로 만나지 않을 겁니다. 오랜 세월 상납해온 만큼 철저할 테니까요."

"아니면 태백에 있는 김정구를 파봐야겠군요. 이런 일을 실행해올 정도라면 농사는 위장일 겁니다."

차준혁이 조사한 사항은 보고되지 않았다. 그렇기에 태백을 방문했을 때의 정보를 아직 모르고 있었다.

"저희가 일단의 조사는 마쳤습니다."

"모이라이에서 말입니까?"

"김정구가 사는 마을과 국회의원 김태선이 지냈다던 하람고아원을 확인해봤습니다."

설명을 시작한 차준혁은 고아원에서 발견한 감시카메라와 마을 노인에게 들었던 것들을 말해주었다.

다들 놀랄 수밖에 없었다. 물론 노인의 말은 입증된 것이 아니었지만 IIS에서 알아낸 정보와 연결되었다.

그로 인해 김정구와 임설 사이에 있던 아들의 존재가 의문을 심어줬다.

"그런데 김태선 의원이 지냈던 고아원의 감시카메라는 뭣 때문에 그런 것입니까?"

주상원도 그 부분에서 이상하다고 생각했다.

"이걸 보시죠."

차준혁은 키보드를 두드려 하람고아원의 원아들이 입양된 기록을 보여주었다. 이번에도 주상원을 비롯해 모든 사람들은 놀랐다. 10년 전부터 아이들이 입양되고서 자취가 사라졌으니 말이다.

그렇다고 천익의 소행이라고 단정 짓기에는 증거가 부족했다. 아직 정황상 증거만 될 뿐이었다.

"어떻게 저런 일이……."

너무 오래전부터 벌어진 일이기에 주상원은 탄식을 금치

못했다.

"IIS에서 이 일을 맡아주셨으면 합니다."

"10년 전부터 지금까지 입양된 아이들의 추적을 말입니까?"

"여전히 벌어지는 일입니다. 그들은 똑같이 움직일 테니 추적할 수 있을 겁니다."

불과 얼마 전에도 하람고아원을 통해 입양이 이뤄졌다. 다만 이미 흔적을 감춰 당장에 찾기는 힘들었다. 하지만 또 벌어질 일은 기다릴 수 있었다.

"흠… 알겠습니다."

지금 상황에서 IIS가 따로 움직이기는 힘들었다. 주상원 도 차준혁이 내준 방법이 최선이라 생각했다.

중요한 결정이 내려지자 차준혁은 다른 계획에 대해서 떠올렸다.

"더욱 중요한 사항이 하나 더 있습니다."

"그게 뭡니까?"

물음이 이어지자 차준혁은 키보드를 다시 두드려 화면을 바꾸었다. 이번에 떠오른 것은 태백의 김정구가 사는 마을 과 하람고아원 사이에 위치한 산이었다.

"대충 보셔도 아시겠지만 산의 중심부가 미묘하게 위장 이 되어 있습니다. 참고로 군사적 위치는 절대로 아닙니 다."

그 말과 함께 사람들은 또다시 술렁였다. 의문이 커진 주상원도 놀라며 차준혁을 쳐다봤다.

"차 대표의 말대로라면 저 위치에 뭔가 있다는 말입니까? 하지만 저곳에 무엇이……."

해당 지역의 위성지도에서는 숲으로 가려져 아무것도 보이지 않았다. 그곳에 직접 가서 확인해보는 수밖에 없었다.

"이번에 확인해보려 합니다. 그래서 지원해주신 요원들로 백업해주실 수 있을까요?"

"그곳에 직접 가시려는 것입니까?"

주상원과 더불어 다른 이들은 계속해서 놀랐다.

"위성지도에서 지역을 지울 정도면 뭔가 엄청난 것을 숨기고 있다는 것이겠죠."

"뭐가 있을지도 모르는데 직접 가시는 것은 위험합니다. 저희가 작전을 세워서 움직이겠습니다."

차준혁의 실력이야 주상원도 인정했다. 하지만 천익과의 거리가 점점 가까워짐에 있어서 위험한 상황을 만들고 싶어 하지 않았다.

"흠… 일단 작전부터 같이 세워보죠."

모이라이 정보팀 사무실.

이지후는 모두 다 퇴근한 사무실 한 가운데 앉아 키보드를 두드려댔다. 화면이 정신없이 바뀜에 따라 이지후의 손가락도 바삐 따라갔다.

"조금만 더! 조금만……!"

짜증이 뒤섞인 중얼거림이 계속해서 흘렀다. 그러다 화면 속에서 수많은 숫자들이 정렬이 바뀌었다. 잠금장치가 풀리듯 화면이 여러 차례 바뀌며 로딩이 걸렸다.

띠…! 띠…! 띠…! 띠……!

기다란 막대기의 칸이 채워짐에 따라 소리가 울리기 시작했다. 잠시 후 모든 칸들이 채워지자 또 다른 인증을 바라는 창이 떠올랐다.

그것이 이지후가 원하던 화면이었다.

"풀었다~!!!!"

이내 정보팀 사무실이 쩌렁쩌렁 울릴 정도로 소리 지른 이지후는 벌떡 일어났다.

"아싸! 역시 나야! 역시! 아자!"

무엇이 그리 좋은지 이지후는 사무실에서 플랫댄스까지 추었다.

"맞다! 이럴 때가 아니지!"

새벽 4시가 넘어간 시간이었다. 그럼에도 이지후는 핸드폰을 들어 차준혁에게 전화를 걸었다.

우웅…! 우웅……!

집에서 잠을 자던 차준혁은 핸드폰이 울림에 손으로 더듬어 받아들었다.

"무슨… 일이야?"

—야! 드디어 풀었다!

"뭘?"

—B등급 이상 정보암호코드 말이야!

차준혁이 천익에서 털어온 정보를 말함이었다. 정보는 C등급까지만 공개되어 있고, 그 이상은 코드암호와 인증 등급을 가진 인물의 지문이 필요했다. 그 탓에 모이라이나 IIS에서도 정보를 확인하지 못하고 골머리를 썩고 있었다.

이지후는 그런 정보의 암호를 틈틈이 해독해 마침내 풀어낸 것이다.

"너 지금 정보팀 사무실이야?"

—당연하지!

"기다리고 있어봐. 아, 그리고 구정욱 상무님한테 연락 좀 넣어줘. 지금 당장 나오시라고 말이야."

통화를 끝낸 차준혁은 옷을 갈아입었다. 그리고 거실로 내려가 집에서 나가려 했다.

딸칵!

그때 현관문이 조심스럽게 열리더니 센서등에 불이 들어왔다. 모습이 드러난 사람은 차준희였다. 차준희는 거실로 내려온 차준혁을 미처 보지 못하고 조심스럽게 문을 닫고 있었다.

"야! 차준희!"

"악—!"

깜짝 놀란 차준희는 그대로 주저앉으며 소리 질렀다.

"너 왜 이런 시간에 들어와? 방에서 자고 있던 것 아니었어?"

차준혁도 밤늦게 들어와 잤다. 가족들이 다들 잠든 시간이었기에 당연히 차준희도 마찬가지인 줄 알았다.

"오, 오빠?"

뒤늦게 차준혁을 알아본 차준희는 가슴을 쓸어내리며 현관에서 몸을 일으켰다.

달칵!

그사이 1층 큰방 문이 열리더니 어머니가 얼굴을 내밀었다.

"무슨 일이니? 준혁아. 너 어디 가니? 준희는 왜 거기서 그러고 있어?"

어머니는 두 사람을 보며 물었다.

"저는 회사에 급한 일이 생겨서요. 그런데 어제 이 녀석 안 들어왔어요?"

"준희야. 넌 이제 들어온 거니?"

새벽 4시가 지나고 있었다. 어머니도 차준희가 들어와 있을 줄 알고 있다가 깜짝 놀랐다.

"아… 그게…….."

차준희는 현관 앞에 서서 눈치를 보더니 더 이상 말을 잇지 못했다. 그사이 차준희에게 다가간 차준혁은 술 냄새를 맡을 수 있었다.

"너 술 마셨냐?"

풍기는 냄새만 맡아봤을 때 절대로 적게 마신 양이 아니었다. 소주, 맥주, 양주까지 골고루 풍겼다. 물론 보통 사람이라면 몰랐겠지만 초감각으로 오감이 예민한 차준혁은 잘 알았다.

"친구들이랑 좀 늦게까지 마셨지. 많이는 안 마셨어. 진짜야!"

평소에 차준혁은 너무 바빠서 여동생인 차준희에게 신경 쓰지 못했다. 그래도 새벽까지 술 마시다 들어온 상황을 보고 가만히 있을 수는 없었다.

"음! 일단 중요한 일이 있으니까. 갔다 와서 이야기하자."

"오빠~!"

그 말을 뒤로 차준혁은 현관을 나와 모이라이 본사로 출발했다.

잠시 후, 회사에 도착한 차준혁은 지정된 자리에 차를 주차했다. 그리고 구정욱도 연락을 받자마자 나왔는지 주차장으로 들어왔다.

"이 팀장에게 먼저 출발했다고 들었는데 좀 늦었군."

"여동생이 술 마시고 늦게 들어오다가 거실에서 마주쳐서요."

"이런… 착실한 대학생이라고 들었는데. 슬슬 노는 것에 눈이 뜨여지나보군."

두 사람은 그렇게 대화를 주고받으며 엘리베이터로 올라탔다.

"그다지 간섭하고 싶지는 않지만 새벽 4시까지는 좀 너무한 듯싶습니다. 요즘 세상이 얼마나 무서운데."

"허허허! 어떤 상황이든 냉철한 친구인 줄 알았더니 여동생 문제에는 팔불출이었군."

평소에는 절대 볼 수 없었던 차준혁의 반응이었다.

구정욱은 그런 모습이 재미있는지 털털하게 웃음소리를 터뜨렸다.

"이상하게 좀 신경이 쓰입니다."

"그보다 차준희 양이라면 보안팀에서 언제나 붙어 다니지 않나. 위험한 상황이라면 그들이 나서줄 텐데."

이제 차준혁은 가벼운 위치가 아니었다. 모이라이라고

하는 거대기업의 수장이기에 나쁜 마음을 먹은 이들이 언제든 가족들에게 손을 뻗어올지 몰랐다.

　그런 걱정 때문에 차준혁은 보안팀을 창설하기 전부터 국정원 출신의 요원들을 스카우트하여 가족들을 보호했다.

"저도 알지만 혹시 모르지 않습니까."

"갑자기 시집이라도 갈까봐 걱정되는가?"

"시집이라도 가면 속이 편하겠죠."

"정말 그럴지 의문이로군. 허허허!"

　둘이 잠시 동안 담소를 나누는 사이에 엘리베이터는 지하 정보팀 사무실에 도착했다. 엘리베이터 문이 열리면서 이지후의 콧노래소리가 흘러들어왔다. 여전히 암호코드를 해독했단 사실에 기분이 좋은 것이다.

"오셨습니까~?"

　이지후은 그렇게 다가선 두 사람을 보며 말했다.

"뭐가 그렇게 기분이 좋아?"

"너 같으면 그동안 머릿속을 어지럽히던 문제가 풀렸는데 기분이 안 좋겠냐!"

"빨리 화면부터 보여줘 봐."

　차준혁의 재촉에 이지후는 밑으로 내려놓았던 화면을 다시 올렸다. 정말로 B등급 이상의 정보에 대한 암호코드가 해독된 상태였다.

이 상태라면 인증등급을 가진 사람의 지문만 있으면 정보를 확인할 수 있었다.

"어떻게 푼 거야?"

"시저 암호해독방식이 숨어 있더라. 그걸 올 서치 프로그램으로 알고리즘을 입혀 소수로 환산시켜봤지. 계산하는데 시간이 좀 걸렸지만 그 덕분에 암호코드의 보안을 뚫을 수 있었어!"

이지후가 말한 시저 암호해독법이란 26개의 알파벳에 알파벳을 임의로 순서를 바꿔 입혀 사용하는 방식이었다.

모든 알파벳을 하나의 알파벳에 대입시키며 코드를 찾아야 하기에 연산부터 어려웠다. 거기다 암호를 해독해도 코드까지 찾아내야 했으니 일반적인 프로그램으로는 불가능했다.

올 서치 프로그램의 연산기술과 모이라이의 슈퍼컴퓨터가 있었기 때문이다.

"하지만 지문이 문제네. 이건 인증이 되지 못하면 절대 열리지 않으니까."

차준혁은 자랑스럽게 말한 이지후를 옆으로 밀어내며 지문확인 절차에서 시선이 멈췄다.

"천익에서 임원등급이면 되지 않겠나?"

옆에서 구정욱도 결과를 확인했다. 이미 천익의 홍주원 이사와 안면을 터놨으니 지문을 채취하기가 가능할지 몰랐다.

"그럼 지문을 채취할 계획부터 마련해봐야겠네요."

"저번과 비슷한 방법은 어떤가?"

홍주원 이사의 임원카드를 복사했던 계획을 말함이었다. 그때는 IIS의 여자요원들을 이용해 방심하도록 만들었기에 가능할 수 있었다.

"하지만 천익에서도 지난번에 차준혁이 침입하면서 홍주원의 카드가 복사된 사실을 알았을 것입니다."

"물론 그에게 접근이 쉽지 않을 가능성도 높겠지. 하지만 면식을 익힌 사람이 홍주원밖에 없지 않나."

천익의 다른 임원들은 그날 이후로 사람들과의 접촉을 최소한으로 줄였다. 거기다 경호원도 3명씩 따라붙고 일정도 외진 곳으로 잡지 않았다.

누가 봐도 어떤 상황이든 대비하는 것처럼 보였다. 당연히 그들로서도 더 이상 피해가 없도록 준비한 것이다.

"하긴 방법이 딱히 없겠네요. 그래도 저번과 같은 방법은 무리이니 조금 극적으로 가보죠."

"어떻게 말인가?"

새벽이 지나 아침이 되었다. 차준혁은 자신의 사무실로 올라와 있다가 출근한 신지연을 보았다.

"집에 들르니까 어머님이 새벽부터 나가셨다고 하던데

무슨 일 있었어요?"

"지후가 천익의 정보보안을 뚫었어요. 그 연락을 받아
나왔고요."

"정말요?"

그 물음에 차준혁은 새벽 중에 본 내용들을 설명해주었
다. 천익의 정보는 신지연도 알고 있기에 어렵지 않게 이
해할 수 있었다.

물론 홍주원 이사를 통해 지문을 채취할 계획도 그 설명
에 포함되었다.

"그래서 홍주원 이사를 준혁 씨가 직접 만나겠다는 말이
에요?"

"제일 의심사지 않을 수 있는 방법이잖아요."

물론 약속은 기업 대 기업으로 가지는 것이다. 당연히 평
범한 식사로 만남만 가지는 것뿐이니 의심당하기는 힘들
었다.

"그건 그렇지만… 무슨 핑계로 만나려고요?"

어찌 보면 모이라이와 천익은 세인트메디슨 문제로 경쟁
관계였다. 신지연도 그 점을 걱정했다.

"오히려 홍주원의 입장에서는 괜찮다고 할 거예요."

"어째서요?"

"천익만 우리를 경쟁관계라 생각할 뿐이에요. 우리가 그
들을 경계하고 있단 건 모르고 있을걸요."

"정말 그럴까요?"

"일단은 구 상무님이 약속을 잡아줄 거예요."

그 말에 신지연은 깜짝 놀랐다.

"혹시 구 상무님도 새벽에 나오셨어요?"

"워낙에 급한 일이라 불렀죠."

"그래도 잠은 제대로 자고 부르지 그랬어요."

신지연은 일에 미친 듯한 차준혁과 이지후, 구정욱을 떠올리며 혀를 내둘렀다.

천익 본사.

사무실에 앉아 있던 홍주원은 업무를 보던 중이었다.

띠리리리리! 띠리리리리!

내선전화가 울리자 버튼이 눌러졌다.

"무슨 일입니까?"

홍주원은 비서실에서 온 전화를 확인하며 물었다.

─모이라이의 구정욱 상무란 분께서 연락해오셨습니다. 연결해 드릴까요?

"구 상무님이 말입니까?

그 순간 홍주원의 머릿속에 수많은 생각이 교차했다. 지난번 골프장에서 만난 이후 처음으로 온 연락이기 때문이

다.

—이사님?

대답을 기다리던 여비서의 목소리가 들려왔다.

"아, 연결해주세요."

잠시 신호음이 울리더니 외선전화로 바뀌었다.

"안녕하십니까. 구정욱 상무님."

—오랜만에 연락을 드렸습니다. 어떻게… 그간 잘 지내셨습니까?

"언제나 똑같지요. 그보다 웬일로 이렇게 전화를 다 주셨습니까?"

구정욱은 그와 골프로 한 번 만났던 터라 어렵지 않게 대화를 이어 나갔다.

—다름이 아니라 저희 대표님께서 홍주원 이사님을 만나뵙고자 하시는데. 어떠십니까?

곧바로 용건이 꺼내지자 홍주원은 깜짝 놀랄 수밖에 없었다. 상당히 갑작스런 목적이었으니 그로서는 당연한 반응이었다.

"대표님이라면 차준혁 대표님 말입니까? 저를 만나고 싶다고 하셨다고요?"

—허허허. 지난번에 만났던 일을 말씀드렸더니 관심을 보이시더군요. 괜찮으십니까?

그의 놀란 목소리에 구정욱은 수화기 너머로 웃음소리를

흘렸다.

"저야 만나 뵐 수 있다면 언제든 괜찮지요."

―쇠뿔도 단김에 빼랬다고 오늘 어떠십니까? 오전 11시나 오후 5시 이후에 괜찮으시다면 약속 장소는 홍 이사님께서 편하게 생각하시는 곳으로 잡으시죠.

"잠시만 기다려주십시오. 이 비서!"

홍주원은 송화기 부분을 막으며 비서부터 불렀다.

오늘 스케줄을 확인하기 위해서였다. 그녀는 수첩을 확인해 시간별로 읊어주었다.

상당히 중요인사들과의 약속이 대부분이었다. 그럼에도 홍주원은 일정 중에 하나를 골랐다.

"신 의원하고의 점심약속을 뒤로 미루도록 하지."

"알겠습니다. 그렇게 전달하도록 하겠습니다."

비서가 나가자 홍주원은 다시 수화기를 뒤로 가져가 말했다.

"11시에 청담동에 구스토라는 레스토랑은 어떠십니까? 이탈리안 요리인데 맛이 괜찮습니다."

맛이 좋은 만큼 사람들의 방문도 많은 식당이었다. 경호를 위해서라면 빌릴 수 있는 식당으로 골랐겠지만, 소박하다고 알려진 차준혁을 위해 일부러 번잡한 곳으로 고른 것이다.

―좋군요. 대표님께 전달해드리도록 하겠습니다.

통화가 끝나자 홍주원은 숨을 깊게 들이쉬었다.

"후우… 차준혁 대표가 직접 만나자고 할 줄이야."

그 뒤로 핸드폰을 꺼내들어 번호를 눌렀다. 안에 저장되지 않고 번호만 기억해 누르는 것이다.

찰칵—!

상대방과 연결이 되자 묵직한 목소리가 흘러나왔다.

─무슨 일인가?

"급한 사안이 있어서 전화 드렸습니다. 방금 전에 모이라이 구정욱 상무에게 연락이 와서 차준혁 대표를 만나기로 했습니다."

전화를 받은 사람은 그의 주인 김정구였다. 보고가 끝나자 김정구는 천천히 입을 열었다.

─무슨 일로 보자고 하던가?

"용건은 듣지 못했습니다. 만나봐야 알 듯싶습니다."

─사업적인 주선인가? 나쁘지 않은 기회로군. 이참에 모이라이가 어떤 행보를 준비 중인지 떠보게.

어떤 기업에게든 모이라이는 중요한 대상이었다. 누구든 접촉하고 싶어 했다. 그건 천익도 마찬가지였다.

사업적인 부분과 더불어 세인트메디슨과 진행 중인 신약 개발에도 궁금한 것이 많았다.

"알겠습니다."

시간이 흘렀다.

홍주원은 이른 오전일정들을 빠르게 소화했다. 그리고 다시 차로 이동해 레스토랑 구스토에 도착할 수 있었다.

유명한 레스토랑인데다 점심시간이라서 그런지 많은 사람들로 붐볐다.

"음……."

경호원들과 함께 안으로 들어선 홍주원은 주위를 두리번거리며 차준혁을 찾았다.

창가 쪽에 구석진 자리였다. 그 주위로 차준혁의 경호요원들이 팬들의 접근을 막고 있었다.

"안녕하십니까. 천익의 홍주원이라고 합니다."

그곳으로 다가간 홍주원은 경호원들을 지나쳐 먼저 인사를 했다.

"반갑습니다. 차준혁입니다. 일단 앉으시죠."

두 사람이 착석하자 홍주원의 경호원들이 차준혁의 경호원들과 구역을 나눠 포진하듯이 섰다.

"철저하시군요."

"VIP경호를 주로 맡다보니. 그분들에 대한 위치 정보가 유출될까봐 임원들의 경호도 확실하게 합니다."

홍주원은 그럴듯한 설명을 해주었다.

"하긴 그런 일도 벌어질 수 있겠군요. 하하하."

일단 차준혁은 웃음을 보이며 분위기를 완화시켰다.

"그보다 제가 너무 시끄러운 곳으로 골랐지 않나 싶습니다."

사람들의 시선이 많은 만큼 수다스런 목소리로 주변은 상당히 소란스러웠다.

"저는 좋습니다. 너무 조용한 곳보다는 이런 곳을 선호하는 편입니다."

"그렇다면 다행이군요. 주문부터 하시죠."

두 사람은 메뉴판을 보고 웨이터에게 자신들이 원하는 음식들을 주문했다. 음식이 나오는데 오래 걸리지는 않았다. 그렇게 스테이크가 둘 앞에 놓이며 식사가 시작되었다.

서로의 분위기를 파악하는 것 같았다. 그러던 중에 홍주원이 먼저 조심스럽게 입을 열었다.

"어떤 일로 저를 만나자고 하신 겁니까?"

"아… 제가 약속을 잡자하고 말씀을 못 드렸군요."

차준혁은 깜박했다는 듯이 대답하고 말을 계속 이어 나갔다.

"이번에 모이라이에서도 경호파견 기업을 계획해보려합니다. 그쪽으로 홍주원 이사님께 조언을 들을 수 있을까 해서 말입니다."

모이라이는 계속해서 새로운 계열사로 길을 개척해 나가고 있었다. 표면적으로 홍주원과 만나기에도 좋은 이유가 되기에 그걸 고른 것이다.

"허허허… 모이라이에서 저희와 같이 경호원파견 사업을 말입니까? 그나마 모이라이에서 그쪽 계열사가 없어 안심하고 있었는데… 큰일 나는 것이 아닐까 싶습니다."

분위기를 띄우려는지 홍주원은 일부러 마음을 졸이듯이 대답했다. 그 모습에 차준혁도 웃음을 보였다.

"VIP경호는 천익에서 차지하고 계시지 않습니까. 저희는 제가 경찰이었던 경험을 살려 경찰의 협조 하에 피해자 및 증인보호 쪽으로 생각하는 중입니다."

"오호… 하긴 우리나라가 그런 부분으로는 미흡한 부분들이 많지요. 어떻게 그런 생각을 다 하셨습니까?"

그 말처럼 대한민국은 피해를 입거나 증언하려는 사람들의 보호가 미숙했다. 거기다 외압까지 들어가면 오히려 보호받기보다 정보가 개방되기 일쑤였다.

차준혁은 홍주원을 만나 할 이야기를 생각하다 그가 관심을 가질 만한 화제를 그렇게 찾았다.

"경찰이었던 경험이 컸죠. 그보다 VIP경호라면 경력도 상당해야겠지요? 천익에서는 어디서 인력을 구해오십니까?"

"어렵지는 않습니다. 차 대표님처럼 군인이나 경찰이었던 사람들이 대부분이죠. 해외지사의 경우에는 직업군인 출신들이 많습니다."

"하긴 천익은 미국에도 지사가 있으셨죠. 유능한 인재들이 많겠습니다."

필수징병제인 대한민국과 달리 미국은 자유지원제이기 때문이다. 그리고 훈련도 일반적인 군대보다 전문적이라 실력도 믿을 만했다.

"원치 않게 전역하는 이들이 많습니다. 그러니 다시 기회를 줄 수 있어서 좋았죠."

대화가 그렇게 오가며 차준혁은 홍주원 이사의 행동을 유심히 살폈다. 스테이크에 칼질하는 모습부터 중간 중간 물을 마시는 모습까지 세세하게 관찰하고 있었다.

'열 손가락을 다 쓰지는 않는데.'

정보보안을 뚫기 위한 지문을 채취하기 위해서였다.

하지만 편한 대화 속에서도 홍주원은 오른손 중지와 새끼손가락, 왼손 검지를 쓰지 않았다.

뭔가 습관을 들여놓은 듯이 보였다.

'어디서든 지문을 남기지 않으려고 하는 행동인가?'

그건 처음 만나 악수를 할 때도 마찬가지였다. 감각에 예민한 차준혁은 손에 닿지 않았던 느낌 덕분에 그런 홍주원의 행동을 유심히 살피게 된 것이다.

"저희도 해외에 지사가 있었다면 정말 좋겠군요. 하지만 아직 준비된 것이 없으니…….."

차준혁은 짧게 생각한 뒤에 다시 대화를 이어 나갔다.

"모이라이가 이대로 성장한다면 불가능한 것도 아니지 않습니까. 헌데……."

"제가 너무 제 이야기만 했군요. 말씀하시죠."

그 대답에 홍주원은 김정구가 지시했던 것을 떠올렸다. 거기다 대화의 분위기도 좋아져서 이제 슬슬 모이라이에 대해 물어도 괜찮을 것 같았다.

"세인트컴퍼니와 진행 중이신 신약공동개발은 어떠십니까? 세간의 관심이 상당히 쏠리던데 말입니다."

신약개발은 제약기업에서도 중요한 기밀이었다. 그럼에도 홍주원이 그런 질문을 한 것은 표면적으로 천익이 세인트메디슨과 관계가 없기 때문이다.

"대답 드리기는 좀 민감하군요. 하지만 특허권도 마무리된 상태라서 괜찮겠죠. 이대로만 간다면 올해 말쯤에 마무리될 것 같습니다."

"그렇게나 진척이 빠릅니까?"

진화환을 이용해 만든 아피솔라젠도 FDA승인을 받아 양산 준비 중이었다. 거기다 효능에 대해서는 조제윤 연구실장이 특허와 함께 논문으로 발표까지 해서 의약계에 상당한 여파를 보여주고 있었다.

신약개발 또한 그런 의약계의 신뢰에 힘입어 개발이 빨라질 수밖에 없었다.

"들어서 알고 계시겠지만. 한 번 엎어졌던 신약이었던

만큼 개발과정이 상당히 진행되어 있던 덕분이죠."

"하긴… 그렇겠군요."

그 대답과 함께 홍주원은 속으로 쓴웃음을 삼켰다.

지금의 신약개발은 천익이 투자하여 그만큼 앞당겨놓았다. 거기다 모이라이가 끼어들어 운 좋게 꿀꺽 삼켜버렸으니 속이 쓰릴 수밖에 없었다.

"어디 안 좋으십니까?"

차준혁은 한순간 굳어졌던 홍주원의 표정을 보며 물었다.

"아, 아닙니다. 최근에 통신사업도 엄청난 붐을 일으키셨던데. 아까 말씀하신 것처럼 다음은 경호원 파견 쪽으로만 생각하시는 겁니까?"

놀란 표정을 감추던 홍주원은 화제를 돌리기 위해 다른 이야기를 꺼냈다.

"일단 구상만 하는 중입니다. 사업이란 것이 순식간에 세울 수는 없지 않습니까."

"지금까지만 본다면 순식간에 세우신 것처럼 보입니다만… 너무 겸손을 보이시는군요."

대화는 그렇게 다시 시작되었다. 그 뒤로 특별한 이야기가 오가지는 않았다. 사업의 동향이나 요즘 경제에 대한 이야기뿐이었다.

홍주원도 너무 깊이 캐물으면 관계에 의문을 가질까봐

걱정되어 거기까지만 했다.

"덕분에 좋은 말씀을 많이 들었습니다."

자리에서 일어난 차준혁은 홍주원에게 손을 내밀었다. 처음처럼 악수를 하기 위함이었다.

이에 홍주원은 아까 같이 특정 손가락이 살갗에 닿지 않도록 차준혁의 손을 쥐었다.

"일반적인 이야기일 뿐이었습니다."

그 말과 함께 차준혁은 악수를 한 홍주원의 손을 꼭 잡았다. 조금 떨어져 있던 그의 손가락들이 차준혁의 손등과 아래로 찰싹 달라붙었다.

"아닙니다. 다음에도 괜찮다면 여러 말씀을 나눌 수 있을까요?"

친근감을 확신시켜주기 위해서였다. 다행히 홍주원은 거부반응을 보이지 않았다. 오히려 그런 차준혁의 손을 맞잡아주었다.

"좋습니다. 저희도 모이라이의 사업성에서 배울 것이 많을 테니. 차 대표님도 많은 조언 부탁드립니다."

둘은 그대로 레스토랑을 나섰다. 그때까지도 주변사람들은 식사하던 것을 멈추고서 차준혁에게 관심을 가졌다. 그러나 경호원들이 주위를 둘러싼 통에 다가가지는 못하고 그저 지켜만 봤다.

"조심해서 들어가십시오."

차준혁은 주차장에서 홍주원과 헤어져 각자의 차로 돌아
갔다.

"간 건가?"

차에서 기다리고 있던 차준혁은 홍주원의 차가 완전히
빠져나간 것을 확인했다. 동시에 차에서 다시 내려 주차장
한쪽에 세워진 승합차로 달려갔다.

"빨리! 빨리!"

승합차의 문이 열리더니 배진수와 유강수가 얼굴을 내밀
었다.

"여기로 손을 넣으십시오!"

아크릴로 만들어진 투명한 통에 손이 들어갈 만한 구멍
이 뚫려 있었다. 배진수가 그런 통을 가리키자 차준혁은
곧장 손을 넣었다.

쉬이이이이익!

승합차 문이 닫히며 아크릴 통으로 뿌연 연기가 뿌려졌
다. 차츰 시간이 지나자 차준혁의 손은 연기로 뒤덮이더니
손등과 아래로 검은 무늬의 지문이 생겨났다.

"효과가 있습니다!"

배진수의 외침과 함께 차준혁의 입가에 미소가 지어졌
다. 그건 원래 목적이었던 홍주원의 지문이기 때문이다.

특히 방금 전 아크릴 통 안으로 뿌려진 가스는 향후 미래
에서 국과수가 사용하는 지문검출용 옥도가스였다. 아이

오딘법이라 불리며 차준혁이 MR테크를 통해 빨리 개발시
켜놓은 것이다.

"빨리 채취해주세요."

차준혁이 그렇게 말하며 손을 빼자 유강수가 작은 필름
들을 꺼내 지문들을 하나씩 떠냈다.

그사이 승합차는 출발해서 모이라이 정보팀으로 향하고
있었다. 물론 차준혁이 타고 왔던 차는 먼저 출발한 상태
였다.

배진수와 유강수도 차준혁과 같이 모이라이 정보팀 사무
실로 들어섰다. 안에는 IIS의 국장인 주상원과 정보분석
팀장인 한재영도 와 있었다. 두 사람은 그들을 보며 경례
부터 올렸다.

"수고가 많았네. 작전은 성공했는가."

"무사히 마쳤습니다! 그보다 국장님과 팀장님이 여기에
와계실 줄은 몰랐습니다."

경례를 마친 두 사람은 정보팀의 내부를 휘둥그레진 눈
으로 둘러봤다. 주상원과 한재영도 마찬가지였다.

방금 전까지 두 사람도 IIS의 시설보다 더한 정보팀의 시
설을 보며 구경 중이었기 때문이다.

"왜 그러십니까?"

차준혁은 채취한 홍주원의 지문을 이지후에게 넘겨주면서 그들에게 물었다.

"도대체 언제부터 이런 시설을……?"

시설은 둘째치고 지하 깊숙한 곳에 있는 이런 시설이 다들 놀랄 수밖에 없었다. 물론 모이라이의 정보팀은 알고 있었다. 하지만 위치는 방금 전까지 모르고 있었기에 궁금해진 것이다.

"당연히 본사를 세웠을 때부터였죠. 아시다시피 원래 대표가 저기 있는 이지후 팀장이었지 않습니까. 정보에 대한 선견지명이었는지 이런 시설을 갖췄더군요."

미래를 알고 있기에 준비한 것이라 말하지는 못했다. 그래서 대충 핑계를 만들어 설명해주었다.

"내가 뭘?"

지문을 스캔하던 이지후는 그 말을 미처 듣지 못하고 고개만 갸웃거렸다.

"넌 하던 거나 빨리 해."

"쳇!"

반면에 주상원이나 한재영은 이지후가 MIT출신에 천재라는 것을 알고 있었다. 그래서 지금과 같은 시설을 보며 고개를 끄덕였다.

"그보다 MR테크에서 그런 지문채취기술까지 개발해놓

으셨다니 놀랐습니다."

주상원은 작업과정을 보다가 이번 작전에 중요한 역할을 한 사항에 대해서 물었다.

"우연찮게 인재와 기술을 찾아냈죠. 앞으로 지금보다 더 나은 수사기술이 나올 겁니다."

"정말 기대가 되는군요."

그사이 이지후는 홍주원의 모든 지문들을 컴퓨터에 입력시켰다. 준비가 끝났는지 대화중이던 차준혁을 쳐다보며 말했다.

"바로 입력시켜볼까?"

B등급 이상의 보안코드는 이미 해제시켜 놓았다. 여기서 지문만 입력시키면 모든 정보를 확인할 수 있었다. 이에 이지후는 엔터를 내려치려 했다.

"잠깐. 접속하고 홍주원의 지문내역을 다른 사람으로 바꿔줄 수 있어?"

방금 전에 홍주원을 만났기 때문이다. 그의 내역이 남으면 오늘 만난 차준혁이 의심을 살 수도 있었다.

"그거야 어렵지 않지. 서버이용 내역만 살짝 만져주면 되니까."

"가능하면 그렇게 해줘. 아, 웬만하면 다른 임원으로 교체해서 말이야."

"OK!"

이지후는 그와 동시에 엔터를 내리쳤다. 주변사람들은 화면이 바뀌는 것을 보며 집중했다.

타다다다닥! 타다다닥!

보안코드가 해제된 화면은 이지후의 손길에 따라 정신없이 바뀌었다. 그리고 순식간에 내부까지 침투하여 지문인증내역부터 다른 사람으로 교체했다.

"좋았어! 이제 내용물을 확인해 봐도 된다."

"그럼 안에 뭘 숨겨놨는지 볼까?"

차준혁은 이지후가 일어난 자리에 앉았다. 그리고 키보드를 앞으로 당겨 정보팀의 모든 화면으로 내용들을 풀어 댔다.

파파파팍! 파팍! 파팍!

이지후 못지않은 차준혁의 솜씨에 다른 사람들도 감탄하고 있었다.

"…이거 처음에 생각했던 것보다 문제가 심각한데요. 와서 보십시오."

다들 앞으로 나와 화면들을 확인했다. 하지만 정신없이 펼쳐진 내용이 한두 개가 아니라 찾아내기가 힘들었다.

하나가 아니었던 뿌리

B등급 이상의 정보에는 어마어마한 것이 들어 있었다.

A등급, S등급까지 확인할 수 있었기 때문이다. 처음에 그 부분을 찾지 못했던 네 사람들도 그 내용을 확인하면서 입을 다물지 못했다.

"천익의 실체가 저렇게 거대했다니."

주상원은 조용히 중얼거리더니 뒤로 놓인 의자에 털썩 주저앉았다.

백송의 검은 돈으로 출자한 125개의 기업만이 아니었다. 외국에는 그 숫자보다 더한 기업들이 있었다.

"그것만이 아닌 것 같네요."

타탁!

차준혁은 S등급 정보에 들어가 6명의 인물들을 화면에 띄웠다. 다른 네 사람들도 익히 알고 있는 얼굴들이다.

"저 사람들이 천익의 일원들이었나?"

화면에 떠오른 사람들은 국정원장 박승대, 대일신문 송해국, 월드세이프펀드 문진원, 미더스물산 오평진. 거기다 한민국당 소속 국회의원인 변종권과 오준용이었다.

천익의 김정구를 포함하면 총 7명. 대한민국의 경제와 정치, 언론을 웬만큼 휘어잡은 이들이다.

"해외에서 들어오는 상납금은 월드세이프펀드로 들어가고, 천익도 그쪽으로 보냈네요."

"그 많던 돈들이 어디로 갔나했더니 모조리 저곳으로 들어갔군요."

국내 125개의 기업들이 상납한 자금은 어마어마했다. 그런데 뚜렷하게 파악된 것이라고는 세인트메디슨으로 들어간 투자뿐이었다. 상납금에 비해서 엄청나게 적은 액수였다.

IIS는 다른 투자처가 있는지 확인했다. 그러나 미처 찾아내지 못해 조사만 계속되고 있었다.

"지후야. 이 자료들 카피한 다음에 박살 내버려."

"그럼 저쪽에서 수상하게 여기지 않을까?"

"어차피 천익에서는 우리의 정체만 모를 뿐이야. 충분히

경계하고 있으니 제대로 움직여봐야지."

미국에서 차준혁과 IIS의 요원들이 천익의 요원들을 습격했기 때문이다.

"알았어! 부수는 거야 내 전문이니까!"

이지후는 다시 자리를 바꿔 앉자 손부터 풀고 키보드를 두드려댔다. 동시에 자료들이 여러 경유의 서버를 거쳐 모이라이로 복사되었다.

그 뒤로는 차준혁이 부탁한 대로였다. 하지만 바로 삭제되지 않고 멀쩡한 상태로 있었다.

"안 부수고 뭐 해?"

"그냥 부수면 심심하잖아. 우리 뒤에 누군가 접속한 순간 펑! 작살나는 거지."

상당히 진지한 분위기 속에서 이지후는 어김없이 장난기를 발휘했다.

"마음대로 해라. 그보다 우리는 해외로 나가 있는 요원들에게도 연락을 해야겠네요."

차준혁은 복사된 자료 중 해외자금운용에 대한 내용을 모니터에 띄웠다. 월드세이프펀드를 통해 해외 이곳저곳으로 분산되어 입금된 내역이었다.

"저곳을 전부 다 말입니까?"

정보에는 수천 개의 계좌내역이 떠 있었다. 그걸 지도로 전환시키자 미국과 더불어 타국 각지의 은행들이 표시되었다.

대충 세어 봐도 100개 넘는 지점이었다.

"아니요. 입금내역이 집약된 미국의 탬파, 잭슨빌, 메이컨. 이쪽을 집중적으로요. 그리고 월드세이프펀드와 관련된 지역이 있는지도 알아봐야 합니다."

흔적이 사라진 입양아들과 관련이 있을지 몰랐기 때문이다. 그밖에 천익이 어떤 일들을 벌이는지도 알아봐야 했다.

"알겠습니다. 바로 연락을 넣어놓도록 하겠습니다."

그와 동시에 차준혁은 화면에 뜬 내용들로 시선이 돌아갔다. 키보드를 잡아 올 서치 프로그램으로 주식현황에 접속시켰다.

"지후야. 저번에 말했던 일들은 어떻게 되어가고 있어? 주식들 말이야."

"틈틈이 모아놓고 있지. 평균적으로 5~10%씩은 보유해놨어. 저쪽에서 털어대기로 자금을 모아대니 이 대로면 일주일 뒤에 15%는 넘길 수 있을 것 같아."

해명그룹이 천익의 기업주식을 이용해 자금마련 중인 계획을 말함이었다. 거기에 이지후는 빨대를 꽂아 주식들을 쭉쭉 빨아먹고 있었다.

반면에 그런 계획을 모르고 있던 주상원이나 다른 사람들은 어리둥절한 표정을 지어보였다.

"무슨… 말씀이십니까?"

"얼마 전에 확인된 천익의 움직임입니다. 현재 125개의 기업주식을 흔들어 차명으로 상당한 수익을 일으키고 있습니다."

"그게 정말입니까?"

아직 주식매수의 결과가 나오지 않아 보고하지 않았던 것이다. 그리고 이제는 웬만큼 매수되어 그들이 온 김에 같이 이야기를 꺼냈다.

"보시면 아시잖습니까."

주상원이나 한재영은 그런 상황을 보고 감탄을 금치 못했다.

"이런 준비까지 해놓으셨군요. 그런데 저 기업주식들을 사들여서 어쩌시려는 겁니까?"

"덩치가 거대할수록 한 방에 무너뜨리기는 어렵죠. 우리가 그만한 세월 동안 커지긴 힘듭니다. 그럼 줄어들게 만들어야죠."

오랜 세월에 걸쳐 거대해진 존재일수록 중심은 튼튼하다. 차준혁은 그런 이유 때문에 천익의 잔가지부터 쳐낼 생각이었다.

기지회 괴멸이나 세인트메디슨 사건과 더불어 정보서버와 125개의 기업주식 조작이 바로 그것이다.

"언제나 느끼는 생각이지만 우리가 차 대표와 척을 지지 않은 것이 천만다행입니다."

"같은 목적을 가지고 있으니 그렇게 되지 않았죠. 그보다 한 번 풀어보도록 하죠. 지후야 제대로 한 번 떨궈봐라."

차준혁은 이지후가 천익의 주식조작에 끼어들어 매수하는 것을 보며 말했다.

"지금? 하지만 더 모을 수 있는데… 아! 한 방 먹이겠다는 거지?

뒤늦게 이해한 이지후는 손뼉을 치고 키보드를 두드렸다. 주식에 관해서는 전권을 위임했기에 매도가도 마음대로 조종했다.

'이제 시작이다.'

차준혁은 125개의 기업주식이 떨어지는 것을 보았다. 그러면서 주먹을 꽉 쥐고는 또다시 결심을 굳히고 있었다.

같은 시각 해명그룹 주식 트레이드센터에서는 난리가 나고 있었다. 얼마 전부터 관리 중이던 125개의 주식들이 매도되면서 급격하게 하락했기 때문이다.

"주식이 갑자기 왜 저래?"

관리팀장 이병태는 그런 현상을 보고 부하들에게 소리쳤다. 오늘은 오후부터 지금까지 모아둔 주식을 팔아 이익을 볼 예정이었다.

하지만 주가가 떨어지니 난감했다. 이에 확인해봤지만 주식이 매도될 뿐이고 다른 정보는 찾아볼 수 없었다.

"저희도 모르겠습니다. 모든 기업들의 주식이 장으로 계속해서 나오고 있습니다!"

"기다려봐!"

방법을 찾지 못하던 이병태는 핸드폰을 들어 박해명 회장에게 전화를 걸었다.

—무슨 일인가?

"큰일입니다. 지금 맡기셨던 주식들이 급격하게 하락하고 있습니다."

—뭐? 왜 그런 일이 생겼나!

박해명은 노발대발하며 소리쳤다.

"원인은 파악하지 못했습니다. 그보다 주식이 이렇게 떨어지도록 놔뒀다간 우리가 가진 물량에도 큰 피해가 생길 겁니다."

통화를 하는 사이에 본래 주가보다 1/3이나 떨어졌다. 얼마나 하락할지 모르는 상황에서 계속 가지고 있으면 피해가 막심할 수 있었다.

—어떻게 해서든 일단 막아!

"주식을 사들이란 말씀이십니까?"

—내가 지금 그곳으로 갈 테니. 뭘 해서든 해결해놔!

전화는 그렇게 끊겼다. 이병태는 핸드폰을 내리고 부하들을 쳐다봤다. 그리고 잠시 고민을 하다가 입을 열었다.

"자금을 투입한다! 모든 주식들을 사들여!"

명령을 받은 부하들의 손가락이 바쁘게 움직였다.

하락세를 타던 주가들은 그 덕분에 멈칫거리다가 다시 상승세로 올라갔다. 그만큼 모아둔 자금이 빠져나가는 속도도 엄청날 수밖에 없었다.

1시간 정도 지나 박해명이 트레이드센터로 들어왔다. 눈앞에 벌어진 상황을 본 그의 표정은 더욱 암담해졌다.

"대체 어떻게 된 거지?"

"현재까지 손실액은 900억 정도입니다. 그동안 벌어들였던 수익은 이미 집어넣었고, 저희 자금만 400억이 넘게 들어갔습니다."

"그럼 주식 상황은?"

박해명에게 손실도 손실이지만 125개 기업의 주가들이 문제였다.

"주당 22,000원입니다. 아직 저, 절반까지밖에 복구하지 못했습니다."

평균 32,000원대였던 주가는 15,000원까지 떨어졌다. 그나마 자금을 쏟아부은 덕분에 올릴 수 있었다.

"어디서 주식을 뿌려댄 것인지는 알아봤나?"

"그게……."

여기로 박해명이 오기까지 1시간이 걸렸다. 이병태도 상황파악을 위해 이미 알아보았다. 그러나 보고를 하지 못하고 우물쭈물거리고 있었다.

"어딘데 그러나."

"한두 곳이 아닙니다. 거기다 기업이나 개인이 섞여 있는 것으로 봐서는 특정하기가 힘듭니다."

눈에 눈, 이에 이였다. 차준혁도 해명그룹이 사용한 방식처럼 주식투자를 하는데 똑같이 움직여주었다. 물론 그 방법의 원조는 천익이었다.

"어떻게 그런······."

박해명은 똑같은 방법에 당했다는 보고에 허탈한 표정을 지었다. 철저한 만큼 자신들도 추적을 할 수가 없기 때문이다.

"일단 주가하락은 멈췄습니다. 계속 작업을 할까요?"

자신이 없어진 이병태의 목소리는 조심스러웠다.

금액손실이 엄청난 상황에서 그 이야기를 꺼내야 할지 판단이 서지 않았다.

"그럼 여기서 멈추기라도 할 건가?"

판을 다 깔아준 상황에서 실패한다면 천익과의 관계를 떠나 기업의 생사가 위험해질 수 있었다.

"아, 알겠습니다."

장 마감시간이 끝나기까지 얼마 남지 않았다.

이에 이병태는 부하들을 지휘하여 주가를 끌어올리는 데 주력했다. 물론 다시 당하지 않도록 이익을 보는 주기를 줄일 생각이었다.

우우우웅! 우우우웅!

나도명은 김정구의 곁에 조용히 서 있다가 핸드폰의 진동을 느꼈다.

"실례하겠습니다."

전화를 받자 그의 귀에 익은 목소리가 울렸다. 그 뒤로 뭔가 보고를 받더니 나도명의 얼굴에 그늘이 내려앉았다.

"뭐지?"

심상치 않음을 느낀 김정구가 그에게 물었다.

"해명그룹이 일을 제대로 하지 못했나봅니다. 2시간 전에 기업들의 주가가 15,000원까지 떨어졌다고 합니다."

"손실은?"

"소주주들은 이미 떨어져나갔고 대주주들이 좀 기업들에게 항의를 하나봅니다."

세인트메디슨의 일로 손실된 자금을 메꿔보려고 한 것인데 오히려 독박을 쓰고 있었다. 그 때문에 김정구의 표정도 좋지 못했다.

"조용히 시키는 것만도 만만치 않을 것 같은데… 어찌할까요?"

"그냥 둬. 그깟 놈들이 시끄러워봤자 뭘 하겠나."

125개의 기업사장들은 백송 김제성의 도움으로 창업한 초대에게 회사를 물려받은 것이다. 암묵적으로 천익을 따라야 한다고 알고는 있지만 기업의 명줄도 잡혀 있기에 어쩌지 못했다.

주식의 51%를 천익이 차명으로 분산소유하고 있기 때문이다. 그들은 위치만 사장일 뿐이었다.

물론 그들이 경영을 제대로 하지 못하면 김정구의 입맛대로 사장부터 갈아치워 버리면 되었다.

"알겠습니다. 일단 상황은 홍주원 이사를 통해 확인만 해보겠습니다."

나도명의 대답과 함께 김정구는 소파에서 일어났다. 대들보에 걸린 박제순과 김제성의 사진 반대쪽을 향해 천천히 걸었다. 그곳에 걸린 현판을 보기 위해서였다.

현판은 천근초위라고 휘갈겨 쓴 한자가 적혀 있었다. 하늘의 뿌리로서 처음부터 자리했다는 의미로 천익의 신념을 뜻했다.

"아버님은 언제나 저 말씀을 강조하셨지."

"잘 알고 있습니다."

김정구의 중얼거림에 나도명은 감탄하듯이 뿌듯한 표정으로 쳐다보았다.

"세상을 보게. 자네가 보기에는 이 세상이 제대로 돌아가는 것 같나?"

"아닙니다. 저항이 있지 않았다면 대한민국은 이보다 더 발전할 수 있었을 겁니다."

당연하다는 듯이 대답한 나도명의 목소리에 김정구는 뿌듯함을 느끼고 있었다.

"맞아. 독립항쟁? 웃기는 소리였지. 쇄국정책으로 고지식한 농간만 부려대고 지금의 발전이 피를 흘려 조선을 독립시킨 녀석들 덕분이라 말할 수 있겠는가!"

이미 김정구의 사상에는 일본이 있었기에 대한민국이 지금처럼 발전할 수 있다고 박혀 있었다. 당연히 독립운동과 광복을 쓸데없는 애국심이라 여겼다.

"자신들이 쇠퇴시켜 놓고, 일본의 침략이 있어 어려웠다? 정말 웃기는 소리지. 지금의 발전도 우리가 있었기에 가능한 것이지 않았나!"

조선시대의 친일파들은 대한민국이 광복을 하고 사회 속으로 녹아들었다. 친일로 벌어들인 재산으로 땅을 사고 기업을 세워 누구보다 부유하게 살았다.

그들의 이념 속에는 친일(親日)이 올바른 길이었다. 목숨을 부지하기 위해서가 아니라 나라를 보다 나은 길로 이끈 선택이라 생각했다.

나도명은 그런 김정구의 역설을 듣고 있다가 조용히 대답했다.

"얼마 남지 않았습니다. 곧 있으면 어르신께서 염원하시

던 세상이 될 것입니다."

대통령이 될 김태선을 말함이었다. 그것만 이뤄진다면 언제나 김정구가 바라던 진실된 나라의 부흥을 이룰 수 있었다.

"기필코 이뤄야 할 일이지!"

잠시 정적이 이어졌다. 그렇게 고요해진 분위기 속에서 김정구는 자신이 이룬 지금까지의 일들에 뿌듯함을 온몸으로 느끼고 있었다. 김정구는 그렇게 희열에 차 있다가 시선을 돌렸다.

"이번 아이들은 어찌 되었지?"

"9기 총 10명은 판사 2명, 검사 3명, 7급 공무원 3명, 기업에 2명이 갔습니다."

"좋군······!"

지금까지 김정구는 차준혁이 상상했던 것보다 더 무시무시한 계획을 실행하고 있었다. 그리고 계획이란 김정구가 원하는 인물들로 대한민국을 전부 채우는 것이다.

방금 나도명이 말한 9기의 아이들이 그러했다. 하람고아원을 통해 입양처리 된 아이들이었다. 매년 27~30명 정도의 아이들을 입양시킨 것으로 위장하여 10년이 넘게 친일교육을 시켰다.

물론 해외입양은 위장이었다. 간혹 필요한 경우에 해외로 보내기도 하지만 대부분이 한국에 남아 있었다.

아이들은 오랜 기간에 걸쳐 교육을 받으며 세탁된 신분을 가지고 성인이 되었다. 모든 인원을 뽑는 것도 아니었다.

통과가 허락된 인원은 10명 이하였다. 그리고 탈락한 아이들은 흔적도 없이 사라지게 만들었다.

나도명은 더욱 기뻐하는 김정구의 얼굴을 보며 추가로 보고했다.

"이번에 들인 아이들도 문제가 없습니다. 이대로만 간다면 허가인원을 늘리는 것도 괜찮을 듯싶습니다."

김정구가 아이들을 위장입양시킨 것은 10년 전이 아닌 20년 전부터였다. 당시는 컴퓨터시스템이 도입되기 전이라 기록이 남지 않았고, 서류 또한 천익에서 깔끔하게 유실시킨 것이다.

"그건 좀 더 생각을 해보지."

"알겠습니다. 어르신."

미국 조지아주 메이컨.

그곳으로 파견된 IIS요원 5명은 모이라이에서 알아낸 입금내역을 토대로 탬파와 잭슨빌을 조사해왔다.

조사팀장인 문정환은 팀원들과 함께 이번에도 지역은행에 침입하여 해당일자의 CCTV와 출금기록들을 빼냈다.

지금까지 다른 은행들의 자료도 그런 식으로 분석했다.

아지트에서 그런 자료를 분석하던 이종식은 키보드를 두드리다가 문정환을 불렀다.

"팀장님! 이번에도 저번과 같은 인물입니다."

CCTV에는 정장차림을 한 남자가 월드세이프펀드에서 입금한 돈을 찾아갔다. 출금한 계좌와 시간만 파악하면 어렵지 않게 알 수 있었다. 탬파와 잭슨빌에서도 그 사내가 찾아갔다.

"저 남자가 미국의 계좌를 관리하는 사람인가?"

"명의는 지금까지처럼 전부 다른 사람입니다."

물론 계좌를 통해 당사자를 확인해봤다. 그러나 실종된 사람이거나 노숙자인 경우가 대부분이었다.

한국처럼 차명을 통해 계좌를 움직이고 있었다.

"저 인물을 추적해봐야겠군."

자금은 현금으로 쓴다면 그 이상 추적하기가 힘들었다. 사람을 직접 따라가야만 가능했다.

"본부를 통해 이 지역 CCTV를 확인하도록 요청하겠습니다."

"빨리 해줘. 그리고 다른 사람들은 장비들을 점점하고 있어."

그 지시에 다른 3명의 요원들은 케이스에서 미리 공수 받아놓은 무기와 장비들을 꺼냈다.

김홍준, 방민호, 정희아. 다들 IIS의 문정환과 같은 현장
요원으로 이번 작전에 투입된 이들이었다.

"본부에서 CCTV자료가 도착했습니다."

이종식은 정면에 설치된 모니터로 CCTV화면들을 띄웠
다. 그리고 해당일자의 은행인근으로 화면을 바꿔 정체불
명의 사내부터 찾았다.

"차량등록번호부터 조회해 보고. 계속 추적."

다시 지시를 내린 문정환도 장비를 점검했다.

사내가 사용한 차량조회는 위조번호로 나왔다. 대신 차량
추적은 어렵지 않게 진행되었다. 그런데 화면을 계속 바꿔
나가던 이종식은 3시간에 걸쳐 확인하다가 허탈해졌다.

"팀장님."

"확인되었나?"

"여기서부터는 CCTV가 없는 지역이라 추적할 수가 없
습니다. 대신 중간에 은행을 들렀습니다."

추적 끝자락에 잡혀 있던 화면은 이종식이 말한 은행장
면으로 바뀌었다.

"어디 은행이지?"

그 물음에 이종식은 위치를 확인해봤다.

"오거스타 지역의 은행입니다."

메이컨에서 2시간가량 떨어진 위치였다. 그런데 계좌내
역에서는 없던 지역이라 다들 의아한 표정이었다.

"그곳에서도 돈을 찾은 건가? 일단 추적은 더 이상 힘들 테니. 오거스타로 가본다."

요원들은 그 지시를 받자마자 분주하게 움직이기 시작했다. 장비들은 다시 케이스에 넣어 차로 실었다. 밤이 늦은 시각이었지만 모든 준비를 요원들은 곧장 오거스타로 출발했다.

대한민국 모이라이 본사 정보팀.

차준혁은 이지후와 함께 보안이 풀린 천익의 정보들을 살펴보고 있었다. 정보의 대부분이 자금사항과 125개의 기업들이 주기적으로 보고한 사업내용들이었다.

"뭣 좀 나온 거 있냐?"

워낙 방대한 양이었다. 이미 몇 시간째 살펴보던 탓에 이지후는 지루해진 눈치였다.

"사업에 대한 이중계약이나 불법적인 자재 사용에 관한 내용이 대부분이야."

"나도 그렇다. 근데 언제까지 봐야 하는 거야?"

"다 확인할 때까지."

정보에 천익의 약점이 들어 있을지 몰랐다. 물론 알려지지 않았던 주변 인물들도 밝혀졌지만 증거가 없었다. 이에 차준혁은 정보 안에서 증거를 찾기 위해 고군분투하고 있었다.

우우우웅! 우우우웅!

그때 차준혁의 핸드폰이 울렸다.

"국장님. 무슨 일이십니까?"

발신자는 IIS국장 주상원이었다.

—방금 전에 미국으로 투입한 요원들이 보고해왔습니다. 탬파, 잭슨빌, 메이컨 은행에서 돈을 출금한 사람을 추적해봤지만 놓쳤다고 합니다.

"역시 그곳에서도 철저함을 보이는군요."

주상원은 그런 차준혁의 대답을 듣고 추가적인 말을 이어났다.

—하지만 그 사람이 중간에 자금을 다시 입금했다고 합니다. 그것도 상당한 수의 차명계좌라고 했습니다.

"다시 입금을요?"

그의 설명에 차준혁은 표정이 굳어졌다. 천익에서 힘들게 현금화시킨 자금을 어째서 입금시킨 것인지 이해되지 않았기 때문이다.

"거기서 자금추적은 해봤습니까?"

—저희도 기다리는 중입니다. 일단 말해드려야 할 것 같아서요.

"감사합니다. 추가적으로 들어오는 사항이 있으면 부탁

드리겠습니다."

차준혁은 전화를 끊고서 키보드를 두드렸다.

화면에 올 서치 프로그램이 떠올랐고 천익의 계좌정보들을 대입시켜 돌려보았다. 알고리즘이 작동하면서 필터로 걸러진 입금내역들이 나왔다.

"뭘 확인하는 건데?"

옆으로 다가온 이지후가 고개를 내밀며 물었다.

"미국에서 출금된 돈이 다시 입금되었나봐. 자금세탁 같은데 뭔가 찜찜한 구석이 있어."

그 대답과 함께 검색했던 내용들이 화면으로 떠올랐다. A등급 정보로 분류된 입금내용에서 나온 것이다.

"20년 전부터 사용된 계좌가 있잖아?"

수백 개의 계좌가 미국에서 운용되었다. 그런데 기간으로 순서를 정렬하니 입양기록보다 2배나 되는 시기부터 사용되고 있었다.

"그때부터 돈세탁을 했나보네."

이지후의 말도 틀린 것은 아니었다.

하지만 돈세탁을 위해 펀드회사까지 통했다면 굳이 해외까지 돌릴 필요가 없었다. 이미 차명계좌를 통해 세탁된 돈이니 쓸데없는 운용이었다.

"기다려봐."

타다다닥! 타다다탁! 탁!

차준혁은 입금내역에서 해외계좌를 통해 송금된 것이 있는지 확인해봤다. 그런데 나오는 사항이 없었다.

"그럼 혹시……!"

125개 기업들의 운영계좌를 확인해봤다. 기업으로 입금된 돈은 대부분이 사업상 자재구비나 인력에 대한 것이다.

"올 서치 프로그램에서 대략적인 비용 책정도 되지?"

"당연하지! 누가 만들었는데."

이지후는 자신 있게 대답했다. 그와 동시에 차준혁은 각 회사의 제품수출비용을 프로그램에 집어넣었다. 기업의 수가 많다보니 슈퍼컴퓨터도 연산처리에 상당한 시간이 걸렸다.

로딩이 시작되고 30분 정도 흘렀다. 목록들이 완성되어가며 평균 수출비용과의 차액이 왼쪽에 나열되기 시작했다.

"저런 식으로 돈을 들여왔구나!"

양산자재의 평균판매가보다 20~40% 가량 높게 판매한 것으로 되어 있었다. 기업들은 그 정도의 차액은 아무런 보장 없이 가진 것이다.

당연히 표면적으로는 매출이 좋을 수밖에 없었다.

"수출비용을 크게 잡아서 월드세이프펀드를 통해 해외로 내보냈던 돈을 다시 들여왔단 말이야?"

"기다려봐."

차준혁은 그 자금들이 어디로 흘러갔는지 찾아봤다. 프

로그램이 다시 돌아가며 또 다른 목록을 만들어 보여줬다.

"최종적으로 GHE상회라는 회사로 들어갔네."

"그게 무슨 회사야? 처음 듣는데?"

이지후처럼 차준혁도 생전 들어보지 못한 회사였다.

"페이퍼컴퍼니일 확률이 높아. 일단 여기서 뭘 하려고 그만한 금액을 들였는지 확인해보자."

20년간 지금과 같은 방식을 반복해왔다면 천익은 엄청난 자금을 축적해놨다는 의미였다.

"내가 알아볼게."

"그보다 더 중요한 문제가 남았어."

"무슨 문제?"

"10년간 입양된 아이들."

차준혁의 조사는 계속되었다. 자금이 해외를 경유해 고스란히 한국으로 다시 들어왔다면 아이들은 어떤 방식으로 쓰인 것이지 몰랐다.

'대체 아이들을 입양시킨 후 어디로 데려간 거지? 그리고 어디로든 데려갔다면 자금이 쓰였을 것인데.'

계속 생각하던 차준혁은 문득 떠오른 것이 있었다.

"만약 출국기록도 위조된 것이면……?"

입양가정도 위조한 상태였다. 출국기록도 내부에 사람을 심어놨다면 조작이 가능했다.

"그러고 보니 10년도 더 전의 입양기록은 서류로 작성되지 않나?"

이지후도 이상함을 느끼며 말을 덧붙였다.

"아이들이 입양된 것은 더 전부터일 수도 있어. 이건 컴퓨터로 확인할 수 없으니 겨레회 쪽으로 부탁해봐야지."

겨레회원들은 웬만한 정부기관에 모두 있었다. 그러니 예전 입양기록을 알아보는 것쯤은 어렵지 않았다.

"그럼 난 GHE상회라는 회사를 알아볼게."

"부탁한다."

차준혁은 자신의 사무실로 돌아가면서 주상원에게 다시 전화를 걸었다.

천익의 이팽원 본부장은 대표인 임설과 같이 사무실에 앉아 있었다.

"최근에 홍주원 이사가 모이라이 차준혁 대표와 만났다고 합니다."

"홍 이사가 말인가요? 무슨 일로 그런 거죠?"

차준혁은 특수부대 출신에 경찰로 살아가다 갑자기 20대 중반부터 한 기업의 대표가 되었다. 물론 모이라이는 그 전부터 유명해지기 시작했지만 그걸 차준혁이 더욱 띄워놓았다.

임설도 그런 차준혁에 대해서는 관심이 많았다.

　"당시 경호원들의 말로는 특별한 이야기가 없었다고 하는데… 솔직히 아무런 이유 없이 만날 일이 없지 않습니까."

　사실 이팽원은 홍주원 이사가 마음에 들지 않았다. 천익의 총수 김정구의 최측근이면서 언제나 자신을 아래로 보는 것 같았기 때문이다.

　"따로 움직이고 있다는 말인가요?"

　"그 능구렁이 속을 어찌 알겠습니까."

　"직접 물어보지는 않았나요?"

　"당연히 물어봤지요. 하지만 경호원들 말처럼 별다른 이야기가 없었다고 하더군요."

　여전히 이팽원의 표정은 좋지 못했다. 홍주원에게 아무것도 없는 것 같아도 꿍꿍이가 있는 것처럼 보였다.

　"한 번 알아보도록 하세요."

　임설은 김정구를 남편으로 두고서 지금까지 시키는 대로 해왔다. 하지만 그녀의 마음속에 야망도 있었다. 언제나 옥살이 같은 지금의 삶에 불만이 많았다.

　"알겠습니다. 대표님."

　"그보다 침입자에 대해서는 여전히 오리무중인가요?"

　천익에서는 여전히 침입자였던 오정구에 대해 조사를 하는 중이었다.

　"그가 사용했던 책상이나 물건에서 지문조차 나오지 않았습니다. 정황만 본다면 특수한 훈련을 받은 것 같습니다."

IIS에서도 철저하게 준비한 것이라 흔적을 남긴 것이 전혀 없었다. 그 때문에 천익은 답답할 따름이었다.

"도대체 진전되는 일들이 하나도 없군요."

"어르신께서는 특수한 조직이 관여된 것이라고 생각하십니다. 그 점부터 시작해 최근 경찰이나 검찰에서 수사 중인 과격파조직부터 확인 중입니다."

"계속 알아보세요."

똑똑!

그녀의 대답과 함께 노크소리가 울렸다. 문이 열리며 홍주원이 얼굴을 내밀었다.

"무슨 일이죠?"

"긴급한 상황이 생겨서 그러니 실례 좀 하겠습니다."

홍주원의 뒤로 본사 보안요원들이 서 있었다. 그들은 곧장 임설의 사무실로 들어가 이팽원 주위로 섰다.

"뭐, 뭐야!"

그 물음과 함께 홍주원도 나섰다.

"이팽원 본부장. 방금 전에 우리 보안서버가 박살이 났습니다. 마지막 기록을 확인하니 당신이더군요."

"그게 무슨 소리입니까?"

"확인을 위해 심문이 필요할 것 같으니 이들과 동행해주시죠. 만약 거부하신다면 강압적으로 데려갈 수도 있습니다."

보안요원들은 지시가 떨어지자 더욱 압박을 가했다. 그런 분위기에 이팽원은 영문을 몰라 사색이 되었다. 하지만 여기서 거부한다면 모습이 좋지 않았다.

"제대로 설명을 해주시죠! 그리고 저는 서버에 최근 접속한 적도 없습니다!"

"기록과 CCTV가 증거입니다."

　홍주원은 핸드폰으로 영상을 재생시켜 내밀었다.

　영상에는 이팽원이 천익의 보안서버를 사용 중인 모습이 시간과 함께 고스란히 찍혀 있었다.

"이건 조작이야!"

"아무튼 동행해주시죠."

　홍주원의 눈짓에 보안요원들은 이팽원의 양팔을 붙잡아 끌고 나갔다. 그사이 임설은 황당한 상황을 보며 어이없어 했다.

"정말 이팽원 본부장이 저지른 짓인가요? 그보다 박살이 났다니요. 정확히 어떻게 된 거죠?"

"서버가 바이러스에 감염되어 모조리 삭제되었습니다. 그나마 접속기록만 찾았죠."

　바이러스로 서버가 날아간 상황은 홍주원이 직접 목격했다. 월드세이프펀드와 더불어 다른 기업들에게 돈을 보내려다 발생한 일이었다.

　하지만 접속과 동시에 오류를 일으키더니 모든 파일들이

일제히 사라졌다. 유일하게 접속기록만 따로 보관되어 건질 수 있었다.

"하지만 이 본부장이 그럴 리가 없지 않나요."

"물론 저도 이팽원 본부장의 고의라고 생각하지는 않지만 조사를 해봐야 알 수 있습니다. 이만 실례하겠습니다."

홍주원은 그 말과 함께 밖으로 나섰다.

"난 분명히 아니라고 말했습니다."

이팽원은 경찰의 조사실처럼 생긴 방 안에서 흥분을 가라앉혔다.

"그럼 이 영상은 어떻게 된 겁니까? 우리도 정황을 확인하기 위해 행동부터 파악했습니다. 그런데 접속시간과 일치하는 것으로 나옵니다."

다시 영상을 보여준 홍주원은 한숨이 흘러나왔다. 사실그도 믿고 싶지 않았지만 증거가 적나라했다.

"저는 그날 사무실에 있었습니다."

"후우… 사무실도 확인했습니다. 하지만 해당시각에 비어 있는 걸로 나왔습니다."

CCTV로 모든 행동을 파악했으니 홍주원이 모를 리가 없었다. 그럼에도 이팽원은 정말 아니라며 다시 분노가 치솟았다.

이번 일은 이팽원의 말이 사실이었다. CCTV나 접속기

록은 모이라이에서 이지후가 바이러스를 심어놓으며 조작해놓았기 때문이다.

특히 CCTV는 이팽원의 최근 모습을 짜깁기해서 만들었다. 옷차림이 비슷한 날만 골라 완벽하게 이어 붙였으니 조작이란 것을 알기가 힘들었다.

"그냥 사실대로 말하세요. 저도 이 본부장께서 고의로 그런 것이라고 생각하지 않습니다. 하지만 정황을 알아야 원인을 찾지 않겠습니까."

"정말 난 모르는 일이라고요! 그리고 홍 이사가 접속했을 때 그런 일이 벌어졌다고 했으면서 왜 나만 추궁을 받습니까?"

이팽원은 상황을 제대로 파악하고 정곡을 찔러 보았다. 그 말처럼 홍주원이 접속하면서 그 상황이 벌어졌기 때문이다.

물론 홍주원도 그 사실을 알았다. 그 때문에 제일 먼저 보안요원들에게 조사를 받았다.

"저도 추궁을 받았습니다. 하지만 서버가 파괴되면서 바로 조사를 했지만 나온 것이 없었습니다. 그래서 이전 접속자인 이 본부장님께 묻는 것이죠."

"난 아니라고 했잖습니까!"

계속 반복되는 질문과 대답만 오갔다. 그럴수록 이팽원에 대한 의심만 더욱 커질 뿐이었다.

"터졌다! 터졌어!"

이지후는 싱글벙글하며 차준혁의 사무실 문을 벌컥 열고 들어왔다. 신지연과 함께 대화를 나누던 차준혁은 그런 이지후를 보며 물었다.

"뭐가 터져?"

"내가 천익에다가 심어놓은 바이러스! 드디어 터졌다! 아자! 완전 난리가 났겠네!"

"터지면 터진 거지. 뭐가 그렇게 난리가 나?"

천익은 냉철한 집단이다. 서버가 터진 것이 엄청난 일이지만 나름 대처를 할 것이다.

"거기에 이팽원 본부장인가? 그 녀석이 한 것처럼 만들어놨거든."

"그게 가능해요?"

신지연도 그 말이 신기한지 고개를 갸웃거렸다.

"아! 제수씨도 계셨네요. 그게 말이죠. 저번에 준혁이가 천익을 털어줄 때 내가 CCTV서버에도 바이러스를 심어놨거든요. 거기 영상들을 모아 이팽원의 짓으로 만들어놨죠!"

"그런 짓도 해놓은 거야?"

차준혁은 바이러스만 심어놓으라고 했을 뿐이다. 당연

히 그런 짓까지 해놓았을 줄은 꿈에도 생각하지 못했다.

"나쁜 놈들이잖아. 그동안 해온 짓만큼 대가를 받아야지 않겠어?"

그 말대로라면 천익은 애꿎은 사람을 의심하며 난리가 났을 것이다. 거기다 서버까지 파괴되어 다시 구축하지 않는 이상 쓸 수가 없었다.

천익의 정보보안이 완전히 뚫려버린 상태였다.

"정말… 잘했네."

"이번에는 내가 한몫했지. 아! 그리고 GHE상회라는 회사에 대해 알아봤어."

이지후는 자랑과 함께 보고사항도 같이 들고 왔다.

"어떤 회사야?"

옆에서 신지연도 그의 대답을 기다렸다.

"GHE상회. 이름만 거창할 뿐이지 고호율이란 사람이 대표로 있는 생필품 납품회사야. 쉽게 말하면 전형적인 유통업이지. 근데 사장의 전력이 화려해. 전직 인천에서 사채업자를 했거든."

"고호율? 처음 듣는 이름인데."

인천의 사채업자들은 차준혁이 경찰로 있으면서 사건에 있을 때 훑었다. 그때도 발견하지 못했으니 이상할 수밖에 없었다.

"일단 유통업으로 등록되어 있어. 그리고 녀석들이 하는 유일한 일이라고는 물자공수 뿐이야. ”

“그게 무슨 말이야?”

천익의 거대한 자금이 들어가는 회사였다. 그런데 특별한 활동이 보이지 않았다면 이상할 수밖에 없었다.

“보안팀에서 감시를 해줬어. 근데 우유, 과자, 치즈, 세제, 섬유유연제, 게임기 등등. 상당한 종류의 물건들을 납품하기만 하더라.”

“다른 건 없고?”

“없을 리가 있나. 보안팀에서 미행도 해줬는데 이곳으로도 납품을 하더라.”

이지후는 품속에서 사진을 꺼냈다. 사진 속에서는 철조망에 둘러싸인 산길로 GHE라고 박힌 차량이 올라가고 있었다. 태백에서 차준혁이 의문을 가졌던 그 길이었다.

“여기로?”

“참고로 여기 직원들은 전직 깍두기. 이유는 아직 모르지만 조폭 수십 명이 한꺼번에 개과천선했다고 보기는 어렵겠지?”

당연히 그런 상황은 힘들었다. 거기다 천익과 관계된 회사라면 개과천선은 불가능에 가까웠다.

“혹시 유통업을 가장해서 현금을 운반하는 건 아닐까요? 돈이 그쪽으로 들어간다면서요.”

가능성이 없는 것도 아니었다. 신지연은 상황을 이해하

며 나름대로 그런 의견을 냈다.

"그럴 수도 있겠죠. 하지만 굳이 돈을 운반하는데 유통업을 이용할 필요가 있을까요?"

"위장하려는 걸 수도 있지."

이지후도 신지연의 생각에 동조하면서 소파로 털썩 주저앉았다.

"흠… 근데 네가 알아본 건 없어?"

GHE상회에 대해 미행이나 감시한 사람은 보안팀원들이었다. 정작 이지후가 한 일은 없어 보였다.

"내가 한 일이 왜 없어!"

"뭘 했는데?"

차준혁은 이지후가 GHE상회의 물품거래내역서나 자금운용내역을 뽑아올 줄 알았다.

"음… 부탁?"

"됐다. 말을 말자. 일단 보안팀에서 IIS요원들로 교체하도록 할게. 전문적인 솜씨가 필요하니까."

"쳇! 알았다. 그리고 내가 안 알아본 게 아니라 거기서 전산을 안 써. 아니면 컴퓨터에 인터넷을 연결 안 해뒀든지."

이지후가 실력을 발휘할 수 있는 분야는 웹상이다. 그것도 서버연결이 되지 못하면 무력할 뿐이었다.

"그래? 뭔가 숨기는 것이 잔뜩 있나보네. 철저하게 캐봐야겠다."

인천시 신흥동 GHE상회.

깊은 새벽시간이 되자 차들이 바쁘게 다니던 도로들이 텅 비었다. 간간이 지나가는 한두 대의 차량만 있을 뿐이다.

한적한 어둠 속에서 움직이는 이들이 있었다.

IIS요원인 배진수와 유강수, 김욱현이었다. 그들은 주변을 살펴보고 만나 현재 상황에 대해 보고했다.

"주변에 CCTV가 많던데 경비도 상당한 숫자고 말이야. 강수랑 욱현이는 어때?"

배진수의 물음에 유강수가 먼저 입을 열었다.

"퇴로는 뒤쪽 담장이 좋을 것 같습니다. 만약 들키더라도 높아서 쉽게 쫓기지 않을 겁니다. 그리고 반대쪽으로 길이 뚫려 있어서 도망치는 데도 용의합니다."

"침입은 4층 창문으로 가능합니다."

두 사람은 보고를 마치고 배진수를 쳐다봤다. GHE상회로 침입해 정보를 빼내기 위해서였다.

"문제없겠네. 장비들은 제대로 챙겼지?"

그의 물음에 유강수와 김욱현은 각자 자신의 가슴을 두드리며 확인시켜주었다.

"좋았어. 그럼 강수는 비상상황에 대비한 저격을 맡고

욱현이는 날 따라와."

"알겠습니다."

명령을 내린 배진수는 김욱현과 함께 어둡던 골목을 빠져나갔다. 그사이 유강수도 미리 찾아둔 높은 지점을 찾아 달렸다.

GHE상회는 3,000평 정도 되는 부지 내에 물류센터와 같이 있었다. 일단 높은 담벼락을 해결하기 위해 배진수와 유강수는 벽을 탔다.

파팍! 휙!

둘은 서로 협동하여 담벼락 위에 섰다. 그리고 난간이나 쇠창살, 실외기 받침대 등을 잡으며 빠르게 올라갔다. 요원으로서 철저하게 단련된 체력과 근력 덕분에 어렵지 않았다.

쇠창살은 3층까지만 설치되어 있었다. 그렇게 위로 올라간 두 사람은 4층 창문을 하나 골랐다.

일단 글라스커터로 구멍을 뚫어 창문이 열리자 들어갈 수 있었다. 그렇게 들어선 장소는 화장실이었다.

저벅! 저벅!

내부순찰을 돌고 있는지 복도 쪽에서 발자국 소리가 들려왔다. 동시에 배진수와 김욱현은 숨을 죽이고서 화장실 칸으로 들어가 숨었다.

휘이이이~! 휘이~!

경비원은 휘파람을 불면서 화장실 앞으로 지나갔다. 다행히 안쪽으로 들어오지는 않았다.

숨어 있던 두 사람은 안도의 한숨을 내쉬면서 복도로 얼굴을 내밀었다.

"완전히 지나간 것 같은데요."

"그런 것 같다. 우리도 움직이자."

배진수와 김욱현은 복면을 고쳐 쓰고서 사무실을 찾아 나섰다. 도면은 미리 구해뒀기에 어렵지 않았다.

"보안이 안 걸려 있는데요?"

"그럼 좋은 거지. 빨리 들어가서 확인해보자."

작은 목소리로 말하던 두 사람은 잠겨 있던 문만 따고 들어갈 수 있었다. GHE상회 사무실에는 특별한 점이 없었다.

책상이나 그 위에 올려 진 서류, 컴퓨터. 벽에 걸린 칠판에도 상품납품일자와 그 밖의 일정만 적혀 있었다.

"여기가 정말 천익이 관리하는 곳일까요?"

전형적인 유통회사 사무실이었기에 김욱현은 의아한 표정으로 책상들을 뒤져봤다.

"관계는 확실해. 그러니 군소리 말고 태백에 대한 서류가 있는지 찾아봐."

둘은 플래시를 켜지 않고 야간투시경을 착용했다. 그리고 서류를 찾기 위해 모든 책상들을 뒤지며 지나갔다.

"이거 아닙니까?"

86

김욱현은 창가 쪽 책상에서 납품서류를 찾을 수 있었다.
그 목소리에 배진수는 곧장 옆으로 다가가 확인해 보았다.

[서웅마트]
[강원도 태백시 황지동 38—22]

하지만 납품하는 지역만 태백일 뿐이지 산 쪽의 위치가
아니었다.

"일단 챙기자."

"이제 컴퓨터를 확인하겠습니다."

그 둘은 주머니에서 검은색 USB를 꺼냈다. 이지후가 만
든 특수한 프로그램이 들어 있어 컴퓨터에 장착됨과 동시
에 잠금 해제와 모든 파일들이 복사, 저장이 된다.

우우우웅……!

컴퓨터가 켜지며 배진수와 김욱현은 USB를 포트에 꽂으
려 했다.

애애애애애애앵~!

동시에 비상벨이 시끄럽게 울렸다. 거기다 밖에서 경비
원들의 외침까지 들려왔다.

"사무실이다!"

깜짝 놀란 두 사람은 황급히 USB부터 챙겼다. 그리고 탈
출을 위해 창가 쪽으로 다가섰다.

"밑에 경비원들이 있는데요?"

줄을 매달아 뛰어내릴 수도 없었다. 그사이에도 경비원들의 달음박질소리가 더욱 가까워지고 있었다.

"어쩔 수 없이 정면 돌파다. 대신 태무도는 절대 쓰지 말고 맨몸으로 부딪쳐."

배진수는 그렇게 말하고 사무실을 어질렀다. 일반적인 도둑으로 보이기 위해서였다.

쾅—! 팍—!

얼마 지나지 않아 경비원들이 캄캄한 사무실로 들이닥쳤다. 그 수는 5명으로 덩치만 봐도 조폭이란 것을 알게 해주었다. 곧바로 불이 켜지니 다들 눈이 부셔 미간이 찌푸려졌다. 그와 동시에 야간투시경을 벗고 대기 중이던 배진수와 김욱현이 경비원들을 향해 달려 나갔다.

퍼퍽! 퍼퍼퍽!

난투극이 시작되며 사무실 입구는 난장판이 되었다.

태무도를 쓰지 않는다 해도 두 사람은 일반무술에서도 유단자인 덕분에 상대하기가 어렵지 않았다.

5명은 순식간에 쓰러졌다.

"저기 있다!"

어느새 무전이 오고갔는지 후발로 다른 경비원들이 계단을 달려서 올라오고 있었다.

"빨리 화장실로 들어가!"

"알았어요!"

둘은 그렇게 화장실로 들어가선 창문을 부수며 바깥 난간을 붙잡았다. 다음은 침입했을 때와 똑같았다.

다행히 바깥에 있던 경비원들이 계단으로 올라와 건물 뒤쪽은 비어 있었다. 그렇게 밑으로 내려온 배진수와 김욱현은 곧장 담장을 넘었다.

저격지점에서 돌아온 유강수가 차를 대기시켜 놓고 있었다.

"빨리 가자!"

"알겠습니다. 그런데 어떻게 된 겁니까?"

유강수는 차를 출발시키고서 물었다.

"컴퓨터에 뭔가 장치를 해뒀나 보더라. 켜고서 얼마 안 있다가 비상벨이 울렸어."

"그럼 아무것도 못 찾은 겁니까?"

이번 작전은 태백에 있는 비밀장소에 대한 것이라 중요했다. 실패한다면 천익에서도 경계가 심해질 테니 더 이상 접근하기가 힘들었다.

"겨우 이거 하나 건졌네. 하지만 확실한 증거인지는 모르겠다."

품속에서 서웅마트 납품내역서류를 꺼낸 배진수는 좌석에 기대며 한숨을 내쉬었다.

"일단 지부로 돌아가겠습니다."

한편, GHE상회는 침입자의 등장으로 비상이 걸렸다. 그 때문에 사장인 고호율은 경비원들에게 호출을 받아 회사로 들어왔다.

퍽—!

"네 녀석들은 뭘 하고 있던 거야!"

고호율은 차에서 내리자마자 경비책임자인 유동춘의 얼굴부터 후려갈겼다.

"죄송합니다."

그렇게 얼굴이 옆으로 돌아간 유동춘은 꼿꼿이 자세를 유지한 채 대답했다.

"대체 어떤 녀석들이야?"

"2명이었습니다. 사무실을 뒤지던 중에 컴퓨터가 켜지면서 비상벨이 울린 것 같습니다."

"없어진 물건은?"

보고를 들으며 걸어가던 고호율은 사무실로 들어섰다. 배진수와 김욱현이 경비원들과 싸우면서 더욱 난장판이 되어 있었다.

"금고는 무사하고 책상을 뒤진 흔적만 있습니다."

"초보들인가? 침입은 어디로 한 거지?"

"화장실 창문입니다."

고호율은 난장판이 된 사무실을 둘러보다가 바닥에 나뒹

구는 납품서류들을 보았다.

"좀도둑인가보군."

그런 중얼거림에 유동춘이 조심스럽게 다가왔다.

"상부에 보고해야 하지 않을까요?"

오직 둘만이 상부에 대해 알고 있었다. 태백 쪽으로 가는
물건도 유동춘이 직접 납품하기 때문에 부하들은 그저 유통
업인 줄로만 알았다. 그 물음에 고호율의 표정이 구겨졌다.

"미쳤나? 상부에서 알았다간 내 목이 댕강 잘리고 말거
야. 차라리 그것만이라면 다행이지. 흔적도 없이 사라지
고 싶나?"

일단 사라진 물건은 보이지 않았다. 배진수가 가져간 것
은 고작 1장의 서류였으니 찾아보지 않는 이상 그들도 모
를 수박에 없었다. 그 때문에 고호율은 이번 일을 숨기기
로 결심했다.

"하지만……."

"쉿! 조용히 해. 아무튼 이 일은 다시 내뱉지 마라. 사무실
은 당장 정리하고, 오늘 자 CCTV도 어제 걸로 덮어씌워놔."

어차피 찔리는 것이 많아 경찰에 신고도 할 수 없었다.
거기다 없어진 것도 없어 보였으니 고호율은 완전히 묻어
버리려 했다.

이에 유동춘은 부하들에게 정리를 시켰다.

아침이 되었다.

차준혁은 IIS요원들이 가져다준 납품서류를 보았다. 맞은편에는 보고를 위해 방문한 배진수가 앉아 있었다.

"서웅마트라……."

"죄송합니다. 하필이면 컴퓨터를 켜고서 비상벨이 울리는 바람에……."

배진수는 면목이 없어했다. 그만큼 중요한 일이었기에 제대로 수행하지 못한 죄책감이었다.

"그런 말씀 마세요. 침입한 것도 도둑처럼 보이기 위해 나름대로 잘 처신하지 않았습니까."

그런 모습에 차준혁이 도리어 미안해졌다.

"하지만 제대로 된 정보를 찾지 못하지 않았습니까."

"아니요. 이건 이거대로 상당한 정보입니다."

차준혁은 대답과 함께 납품서류를 유심히 봤다. 차량들을 따라다녔던 보안팀의 보고로는 서웅마트로 들어간 물량은 많지 않았기 때문이다.

'여기 적힌 납품물건들은 엄청나게 많은데…….'

일반적인 생필품과 음식재료의 양이 몇 백 인분에 달했다. 그걸 조그만 슈퍼마켓에서 주마다 소화하기는 힘들었다.

당연히 이상할 수밖에 없었다. 너무 수상한 주문서였기에 어렵지 않게 유추할 수 있었다.

'서웅마트로 납품하는 것은 위장이고 안으로 들어가나

 92

보군.'

그렇게 판단한 차준혁은 배진수를 쳐다봤다.

"저번에 준비했던 작전을 실행해야 할 것 같네요."

"태백의 위장지역 수색을 말씀하시는 겁니까?"

서웅마트의 납품서류로 그곳이 더욱 수상해졌다. 이제는 정황증거가 아닌 진짜 눈에 보이는 증거가 필요했다.

사사삭! 사사삭!

차준혁은 전투에 필요한 모든 장비를 착용하고 어두운 숲 속을 달렸다.

혼자가 아니었다. 좌우로 IIS의 배진수, 유강수, 김욱현이 일정거리를 벌려 따라오고 있었다.

'저건……?'

열심히 달리던 차준혁은 멈추며 주먹을 쥐어 올렸다. 그 신호를 알아챈 세 사람도 발을 세우고서 옆으로 다가왔다.

"왜 그러십니까?"

"2시 방향으로 15m 앞에 유동센서가 장치되어 있습니다."

배진수는 그 말을 듣자마자 머리에 쓰고 있던 야간투시경의 렌즈를 조절해 확대했다. 차준혁의 말대로 움직임을 감지하는 유동센터가 설치되어 있었다.

"움직이는 중에 용케도 보셨군요."

차준혁이 야간투시경에다가 초감각으로 증폭된 시력을 가진 덕분이었다.

"운이 좋았습니다."

"그보다 이런 숲 속에 저런 장비가 설치되어 있다면 뭔가 있다는 의미군요."

일단 유강수는 앞에 상황을 보고 추측해보았다.

"목표지점까지는 아직 1km 정도 남았는데 어찌하실 겁니까?"

유동센서는 반경 내의 움직임을 감지해서 경보를 울린다. 물론 숲이라면 바람에 움직이는 모든 것들이 포함된다.

그만큼 목표지점에 대한 보안이 철저했다.

"일단 센서가 설치되지 않은 지점은 찾아보죠."

차준혁은 시력을 초감각으로 증폭시켜 이리저리 둘러보았다. 전방으로 5개의 센서가 확인됐다.

물론 그 사이로 벌어진 틈도 찾을 수 있었다.

"저쪽으로 가면 될 것 같네요."

"정말입니까?"

"따라오세요."

네 사람은 다시 움직였다. 나무사이를 가로질러 차준혁이 찾아내는 유동센서를 피하며 달려갔다.

그러다 1차 목표지점인 장소에 도착할 수 있었다.

"어째서 이런 송신탑이 여기에……."

배진수는 그걸 보며 조용히 중얼거렸다.

위성지도에서 발견했던 위치였다. 생각했던 예상대로 전파송신탑이 숲 한가운데 설치되어 있었다.

"필요하기 때문에 설치한 것이겠죠."

주위를 한 번 둘러본 차준혁은 송신탑의 측면을 해체해 보았다. 그렇게 기판이 드러나자 서버연결장치를 선으로 접촉시켰다.

"연결됐어?"

세 사람이 아닌 무전기를 통해 말하는 것이다.

―기다려봐!

무전기 너머로 정신없이 키보드를 두드리는 소리가 들려왔다.

―이거 네가 천익에서 털어왔던 서버구조랑 거의 흡사한데?

"그럼 안에 있는 정보를 꺼낼 수 있겠어?"

정보 안에 최종 목표지점에 대한 것도 있을지 몰랐다. 만약 그렇다면 굳이 거기까지 가지 않아도 되었다.

―불가능할 것 같다. 접속에 보안코드가 걸려 있어. 저번에 열지 못했던 B등급 이상 자료하고 똑같아.

등급에 승인된 사람의 지문과 암호가 필요하다는 말이었

다. 그것이 없다면 보관만 하고 있는 열람하지 못한 정보와 같았다.

"방법이 아예 없는 거야?"

―코드인식 종류가 완전히 클로즈방식이야. 암호라도 있으면 뚫어볼 만한데 그렇지 않으니 힘들어.

"어쩔 수 없지. 알았어. 난 안쪽으로 들어가 본다."

차준혁은 무전을 마치고 해체했던 송신탑 표면을 다시 조립해 놨다.

"주변에 이상은 없습니다."

배진수와 다른 두 사람은 사방을 경계하고 있었다. 그러다 차준혁의 무전이 끝나자 다시 옆으로 다가와 상황을 보고했다.

"이동하도록 하죠."

사사사삭!

네 사람은 그렇게 움직였다.

10분 정도를 더 달렸을까. 차준혁이 다시 손을 올려 다른 이들을 멈추게 했다.

"또 뭔가……."

차준혁은 배진수의 목소리를 막았다.

"송신탑 서버에서 침입을 들켰나봅니다. 사방에서 인기척이 느껴져요."

세 사람은 그 말을 듣고 복면 속의 얼굴이 딱딱하게 굳어

졌다. 그런데 아직 그들의 눈에는 다가오는 이들이 보이지 않았다. 오감을 증폭시킨 차준혁만 감지할 수 있었다.

"그럼 어떻게 합니까?"

"세 분이서 탈출지점으로 돌아가세요. 여기서부터는 저 혼자 움직이겠습니다."

원래는 차준혁도 혼자 오려고 했다. 하지만 어김없이 IIS에서 나서서 차준혁의 보호차원으로 그들을 붙여줬다. 소속만 IIS일 뿐이지 이제는 차준혁의 심복이나 다름이 없었다.

"안 됩니다. 저희도 같이 임무를 속행하겠습니다."

각오를 한 배진수의 목소리에 차준혁은 돌려보낼 구실을 찾지 못했다. 그건 다른 두 사람도 마찬가지였다.

"그럼 방향을 바꿔서 혼선을 시키도록 하죠."

차준혁은 원래 향하던 남쪽에서 서쪽으로 방향을 틀었다. 그렇게 계속 달리다가 다시 멈추고 숨을 죽이고 있었다.

잠시 후 차준혁의 말처럼 정체불명의 인원들이 달려오는 소리가 들렸다. 거리는 점점 가까워지고 있었다.

그들의 수는 10명. 남은 세 방향에서도 수가 비슷하다면 대략 40명일 것이다.

"……."

커다란 바위 뒤에 숨은 네 사람은 그들이 지나치길 기다렸다. 문제만 없으면 방향을 바꿔 숨은 작전이 성공하게 된다.

'총까지 가지고 있잖아? 여기가 미국인 줄 아나?'

사내들은 각자 소음기가 장착된 기관단총을 들고 있었다. 그런 모습을 차준혁은 바위 밖으로 거울을 내밀어 확인했다.

바스락! 빠직!

그 순간 지금까지 한 마디도 하지 않던 김욱현이 나뭇가지를 밟고 말았다. 사내들은 자신들의 발소리 사이로 그 소리를 듣고 급히 멈춰 섰다.

"저쪽이다!"

"넌 돌아가서 보자!"

"그런 말씀 마시고 일단 여기 숨어 계세요!"

"마, 마스터!"

차준혁은 배진수의 어깨를 건드리며 앞으로 빠르게 튀어나갔다.

상대는 기관단총으로 무장한 10명이었다. 그들은 갑작스럽게 달려든 차준혁을 보고 급히 총구를 겨눴다.

'바싹 긴장하지 않으면 큰일이다!'

생각을 마친 차준혁은 살기를 급격하게 끌어올렸다.

"뭐, 뭐야?"

주변으로 험악한 기운이 몰아치자 사내들은 몸이 순간적으로 움츠러들어 방아쇠를 당기지 못했다.

그 순간이 차준혁에게는 기회였다.

파팍! 팍!

앞으로 달리던 차준혁은 초감각으로 증폭된 시력과 근력으로 나무를 타고 날아올랐다. 자연스레 그들의 총구로 위로 향했다.

파팍! 쿵—!

동시에 차준혁은 또 다른 나무로 도약하여 사내들 한 가운데에 떨어졌다.

그때부터 차준혁의 태무도가 펼쳐졌다.

일단 기관단총의 총구를 무회로 틀며 팔꿈치 관절을 역으로 꺾었다.

"아아악!"

사내들의 비명이 숲을 울렸다. 위기상황이었지만 사내들은 가운데로 낀 차준혁 때문에 아군이 맞을까봐 방아쇠를 당기지 못했다.

그건 차준혁도 예상한 바였다.

'앞으로 6명.'

4명을 순식간에 쓰러뜨린 차준혁은 거기서 멈추지 않았다. 뒤로 빠지려는 사내들을 쫓으며 태무도의 무회를 펼쳤다.

피피피피픽—!

코앞에서 사라진 차준혁 때문에 기관단총 탄환이 허공을 가르며 땅으로 박혀 들어갔다. 방아쇠 소리를 감지하여 옆으로 피한 것이다.

"무조건 사격해!"

사내들 중에 대장급이 소리쳤다. 반대쪽으로 서 있던 사내들은 그 외침을 듣자마자 등을 보인 차준혁에게 총구를 겨눴다. 맞은편 아군이 맞아도 상관없다는 결정이었다.

'판단이 빨라. 전문적으로 훈련받은 놈들이군.'

우드드득!

차준혁은 탄환을 피함과 동시에 사내의 팔꿈치를 뒤로 부러뜨리며 방패로 내세웠다. 동료의 비명이 울림에도 사내들은 기관단총의 방아쇠를 망설임 없이 당겼다.

'저것들이 진짜로 아군한테 쏘려고 하네.'

파팍—! 피피피픽!

기관단총의 탄환은 아군의 전신을 뒤흔들었다.

그 전에 차준혁은 꺾었던 팔을 놓고 나무 뒤편으로 숨었다. 사내들은 승기를 잡았다고 생각했다.

남은 5명은 그 나무를 둘러쌌다. 이에 대장급인 사내는 비릿한 미소를 지었다.

치직—!

—여기는 Wolf One. 각 부대는 상황을 보고하라.

"Wolf Three 송신. 침입자가 있다. 인원은 한 명. 하지만 곧 처리할 수 있을 것 같다.

대장급인 사내는 시선을 나무로 고정한 채 무전기에다 대고 말했다.

─Roger. 깔끔하게 처리하도록.

저벅. 저벅. 저벅.

무전을 마친 사내는 부하들과 함께 총구를 겨눈 채 나무 뒤로 천천히 돌아갔다. 거리는 여전히 유지하고 있었다.

"…응?"

나무 뒤에 있어야 할 차준혁이 보이지 않았다.

퍽─!

그와 동시에 차준혁은 위에서 떨어져 팔꿈치로 대장급인 사내의 쇄골과 목 사이를 찍어 눌렀다. 나무 뒤로 피하는 척하다가 더욱 위쪽으로 올라간 것이다.

"크억─!"

단숨에 숨이 끊어진 사내는 그대로 쓰러졌다. 그들에게 또다시 혼란이 찾아왔다. 차준혁의 신형이 어둠을 가르며 사내들에게 달려들었다.

총구가 겨눠질 때마다 차준혁은 무회로 방향을 틀면서 격타로 사내들의 급소에 공격을 때려 넣었다. 탄환까지 날아든 이상 제압만은 힘들었다. 생사가 오가는 상황이니 상대를 죽여야만 자신의 목숨을 보전할 수 있었다.

"커억! 컥!"

콰직─!

이내 차준혁은 모든 사내들을 쓰러뜨렸다. 그리고 처음에 쓰러뜨렸던 사내들의 목숨을 끊으며 전투를 마무리 지었다.

"후우……!"

차준혁이 살기를 가라앉히자 바위 뒤에 숨어 있던 세 사람이 조심스레 모습을 드러냈다.

방금 전에 본 무시무시한 차준혁의 전투 때문인지 다들 사색이 된 얼굴을 하고 있었다. 그러다 배진수는 걱정스런 얼굴로 차준혁에게 물었다.

"마스터… 괜찮으십니까?"

—여기는 Wolf One. Wolf Three 상황은 정리됐나?

물음과 함께 이어폰이 뽑힌 무전기에서 음성이 흘러나왔다. 다만 대답할 사람은 죽음을 맞이한 채로 누워 있을 뿐이었다.

—대답해라. Wolf Three! Wolf Three 대답해!

그런 무전을 들은 차준혁은 표정이 심각해졌다.

"멀쩡합니다. 그보다 상황이 좋지 못하네요."

사내들은 기관단총까지 들고 있었다. 거기다 무전에 대답이 없으면 녀석들이 더욱 몰려올 것이 분명했다.

시간이 없었기에 차준혁은 다급한 목소리였다.

"아까 말한 대로 세 분은 탈출지점으로 돌아가는 것이 좋겠습니다."

"하지만 마스터만 혼자 보낼 수는…….."

배진수가 거부하려하자 유강수가 그의 어깨를 붙잡았다.

자신들이 여기 있어봤자 방해만 될 것이라는 의미였다.

"…알겠습니다. 저희는 탈출지점으로 나눠져 대기하고 있겠습니다."

기관단총으로 무장한 용병들이 경비까지 서고 있다면 목표지점에 어마어마한 것이 숨겨져 있을 것이다. 여기서 물러난다면 또다시 기회가 올지 몰랐다.

"꼭 무사히 돌아가도록 하겠습니다."

그 말과 함께 세 사람은 탈출지점으로 가기 위해 쓰러뜨린 사내들이 왔던 방향으로 달렸다.

차준혁은 그사이 멀리서 다가오는 발소리를 들었다. 무전의 부재로 놈들의 동료들이 달려오고 있었다.

"시간부터 벌어줘야겠군."

철컥! 철컥!

일단 차준혁은 바닥에 놓인 기관단총을 집어 들어 탄창부터 확인했다. 그리고 사내들 중에 한 명이 입은 방탄복과 윗도리를 벗기고 달렸다.

잠시 후 도착한 곳은 100m정도 떨어진 위치의 바위 뒤였다.

'오랜만에 솜씨 좀 발휘해야겠군.'

호흡부터 가다듬은 차준혁은 기관단총의 소음기로 이어진 총구를 윗도리로 가렸다. 동시에 살기를 억누르며 감각을 증폭시켰다.

'드디어 오는군.'

무전의 부재로 인해 무장한 사내들이 몰려왔다. 그들은 동료의 시신들을 보며 상황을 파악했다. 사내에게서 무전기도 챙겼던 차준혁은 그들의 대화를 들을 수 있었다.

치직!

―여기는 Wolf One. Three 부대가 당했다. 모두…….

대화 중간에 차준혁은 방아쇠를 당겼다.

픽―! 팍!

한 사내가 무전을 치던 중에 그 탄환을 맞았다. 정확히 머리를 맞춘 것이라 일격에 즉사했다. 물론 어둠 속에서 기관단총으로 100m거리의 표적을 맞추기란 어려운 일이었다.

하지만 차준혁은 오랜 경험과 초감각을 사용해 어느 누구보다 월등한 사격솜씨를 가지고 있었다.

사격은 거기서 그치지 않고 계속되었다. 순간 놀라고 있던 사내들은 두 번째로 동료가 쓰러지자 급히 나무 뒤로 숨었다.

'하지만 내가 어디 있는지는 모르겠지.'

윗도리가 격발시의 불빛을 감춰주었다. 그 때문에 저격지점을 찾지 못한 사내들은 우왕좌왕했다.

그사이 차준혁은 태무도의 태중으로 무음이동술을 사용하며 자리를 옮겼다. 저격은 그렇게 계속되었다.

10명이었던 사내들은 삽시간에 3명만 남았다. 그들은 자세를 최대한 낮춰 고개조차 들지 못했다. 저지대 저격이 있을 시에 최선의 방법이었다.

그들은 바짝 엎드린 채 조심스럽게 주위를 살폈다.

"한 명이 맞는 거야?"

"모르겠어!"

한 발에 한 명씩 소리 없이 죽어 나갔다. 너무 고요한 저격솜씨에 그들은 긴장을 늦출 수가 없었다.

저격지점을 모르니 무턱대고 사격도 하지 못했다.

"다른 녀석들은 언제 오는 거야?"

그사이 다른 부대원들에게 무전을 쳤다. 하지만 다른 방향으로 순찰을 보내 언제 돌아올지는 몰랐다.

"일단 어떻게든 버텨봐!"

세 사내는 그렇게 말을 주고받고 주변을 조심스럽게 살폈다. 물론 저격 탓에 고개를 제대로 들지 못해 시야가 좁아져 있었다.

픽―!

그 순간 한 사내의 미간에 구멍이 뚫렸다. 남은 2명은 다시 저격이 시작된 줄 알고 더욱 몸을 웅크렸다.

"결국은 틀에 박힌 전술뿐이지."

차준혁의 목소리는 사내들의 뒤에서 들려왔다. 낮은 포복에 저격을 할 수 없으니 가까이 다가온 것이다.

"젠장!"

픽! 픽!

그들은 뒤로 돌기도 전해 당하고 말았다. 2개의 부대는 그렇게 차준혁의 손으로 끝장나버렸다.

"이제 다시 가볼까?"

죽은 이들에게 무전을 받은 다른 병력들은 아직 도착하지 않았다. 이에 차준혁은 들고 있던 기관단총을 던져놓고 다시 출발했다.

무음이동술로 어둠 속을 가르며 달렸다. 그러다 고요해진 숲 속에서 발을 멈추곤 미리 챙겨둔 죽은 사내의 머리카락을 주머니에서 꺼냈다. 대장급으로 보이던 사내의 머리카락이었다.

"이걸로 안에 무엇이 있는지 확인할 수 있으면 좋을 텐데."

라이브 레코드를 사용하기 위해서였다.

차준혁은 주변을 한 번 살핀 뒤에 장갑을 벗고 머리카락을 만져보았다. 시야가 순식간에 어두워지더니 대장급 사내의 인생이 펼쳐지기 시작했다.

—비상! 비상! 북쪽송신탑 외부장치 연결감지!

—어떤 미친 쥐새끼들이 기어들어왔나보군! 모두 출동이다!

제일 먼저 비상벨소리와 함께 장비들을 챙기는 사내들의 모습이 보였다.

'송신탑에 접속감지 장치가 설치되어 있었군.'

숲에 설치된 유동감지기는 모조리 피했다. 그렇다면 가능성은 거기뿐이었다. 차준혁도 짐작하고 있었기에 사내의 시야를 지켜보며 고개가 끄덕여졌다.

상황을 이후와 전으로 왕복하여 돌려보았다.

사내들이 나온 있던 곳은 송신탑에서 1.6~2km 정도 떨어진 경비막사였다. 사내가 달리는 중에 숲 속과 어울리지 않는 신식건물들이 눈에 띄었다. 높게는 3층부터 낮게는 1층 건물들로 조그만 마을이 형성되어 있었다.

'도대체 위성지도로 위장까지 시킨 지역에 뭘 만들어놓은 거지?'

차준혁의 의문은 더욱 깊어질 수밖에 없었다. 그러나 건물에 대한 기억은 그 이상 가지고 있지 않았다.

사내는 매번 부하들과 순찰만 돌았다. 그리고 가끔씩 '나집사님'이라 부르는 중년인을 주기적으로 만나 보고를 올릴 뿐이었다.

'이 사람이 현 부지의 명의자인 나도명인가 보군.'

얼굴도 제대로 알려지지 않았던 인물이다. 그만큼 은밀한 인물이었기에 성씨가 같다면 동일인물일 가능성이 높았다.

'철저하게 제한된 생활반경. 한 달에 한 번씩만 부식트럭을 타고 나가는군.'

사내의 이름은 김두영이었다. 기억으로 본 김두영은 수

년 전에 특전사에서 불명예퇴직 당해 정체불명의 마을로 스카우트되었다.

당시에 그와 접촉한 사람은 천익의 인사부장인 고진성이었다. 차준혁도 오정구로 변장해 천익에 들어갔을 때 고진성을 입사시험 자리에서 본 적이 있었다.

'저 사람이 이쪽으로 인원을 보내준 사람이었군. 그렇다면 입수한 정보에서 찾을 수도 있겠어.'

천익의 자료는 너무 방대해서 모두 살펴보기 힘들었다. 특정 자료를 찾으려면 키워드가 필요하니 고진성의 이름으로 검색하면 나올 것이다.

'그보다… 마을의 정체를 알려면 더 들어가 보는 수밖에 없겠군.'

김두영의 기억에는 유익한 정보가 없었다. 철저하게 경비대원으로서 움직인 것이 전부였다.

라이브 레코드를 해제한 차준혁은 기감을 끌어올리며 주변부터 경계했다. 시간은 거의 흐르지 않았기 때문에 문제는 없었다.

"김두영의 기억대로라면 여기서 남서쪽이겠군."

정체불명의 마을은 현재 자신의 위치와 김두영의 부대가 달려온 방향을 계산해 알 수 있었다. 이에 차준혁은 벨트에 매달린 총집에서 라버건과 비슷하게 생긴 권총을 꺼내 들었다.

"여기서부터는 조용히 움직여야 되겠지."

신약인 아피솔라젠을 개량해 만든 마취총이었다. 상대에 적중시키면 즉시 효과가 나타났고 2시간 내내 죽도록 패도 일어나지 못한다.

거기다 체내의 약효가 99.9% 분해되어 부검과 함께 특정약품 검사를 해보지 않는 이상 알 수가 없었다. 준비를 마친 차준혁은 긴장하며 걸음을 옮겼다.

한편, 나도명은 잔뜩 굳어진 얼굴이었다. 비상경계령이 김정구의 자택에도 울렸기 때문이다. 잠시 후 2팀 경비대장 민주식에게 무전으로 보고를 받았다.

"1팀과 3팀이 모두 당했다고?"

─그렇습니다. 1팀 경비대장에게 보고 받기로는 침입자가 1명이라고 했습니다. 하지만 20명의 부대원들이 모두 시신으로 발견됐습니다.

"침입자는 어떻게 되었나!"

나도명은 처음 겪는 일이었기에 더욱 미간이 찌푸려졌다. 그리고 차분히 생각하며 2팀장 민주식의 대답을 기다리고 있었다.

─현재 수색 중입니다.

"발견된 흔적은 없는 건가?"

─없습니다. 그리고 솜씨를 봐서는 프로입니다.

10구의 시신은 타격으로 급소를 맞았고, 다른 10구의 시신은 총으로 머리만 맞아 모두 사망했다. 거기다 차준혁은 자리를 옮기면서 나뭇가지로 발자국을 지워 흔적까지 교란시켰다.

　아무리 전문가라도 그런 상황에서 침입자를 찾기는 힘들었다.

　"아이들을 모두 대피시키게. 그리고 대기병력들도 모조리 투입시켜 샅샅이 뒤지도록 해!"

　—알겠습니다.

　무전이 끊기자 나도명은 마을로 가기 위해 방을 나섰다. 그러다 거실을 지나가려는데 복도에서 김정구가 얼굴을 내밀었다.

　"어, 어르신!"

　"무슨 일인가?"

　그의 물음에 나도명은 보고받은 전말을 설명해줬다.

　이에 김정구의 표정도 좋지 못했다. 그보다 더욱 구겨진 얼굴로 거실로 걸어 나갔다.

　"미국에서 우리 일을 방해하던 놈들인가?"

　"그럴 가능성이 높다고 여겨집니다. 하지만 이곳에 대해 어떻게 알았는지……."

　정체불명의 마을은 김정구가 위장 입양시킨 아이들을 교육하기 위한 시설이었다.

110

최근까지 9번째 아이들이 졸업을 하고 내보냈다. 그리고 남은 319명의 아이들은 여전히 졸업을 위해 교육을 받고 있었다.

"최근에 이팽원 본부장 때문에 보안서버가 뚫렸지 않나."

천익의 보안서버 사건은 김정구도 알고 있었다. 그로 인해 이팽원을 고문까지 했지만 끝내 원인을 밝혀낼 수 없었다.

"하지만 보안서버에는 마을에 대한 자료가 없지 않습니까. 누구든 알아낼 수 없습니다."

"그걸 빼낼 정도라면 우리의 정체도 웬만큼 알고 있다는 의미겠지. 이거 만만치 않은 녀석들에게 찍힌 것 같군."

김정구는 비상경계령이 울렸음에도 침착함을 잃지 않았다. 방금 전까지 구겨졌던 미간도 어느새 펴지고 곰곰이 생각에 잠겼다.

"일단 아이들은 대피시켜 놓았습니다."

"잘했네. 그리고 침입자는 반드시 잡도록. 아… 울프가 와 있었지? 그 녀석을 보내."

그 대답에 나도명은 놀란 표정을 지었다.

"하지만 울프는 어르신의 경호를 맡아야 합니다."

최근 천익에 흉흉한 일들이 계속 벌어졌다. 그래서 홍주원이 최고의 실력자인 울프를 배치시켜 두었다.

"어떤 조직인지는 몰라도 경비대 2개를 괴멸시킬 정도라면 쉽지 않아. 그렇다면 우리도 최고의 패를 내놔야겠지."

나도명도 경비대가 당했다는 사실에 대기병력까지 투입시
킨 것이다. 그러나 김정구는 그보다 더한 강수를 내놓았다.

 "알겠습니다. 울프를 투입시키겠습니다."

 김정구가 고개를 끄덕이자 나도명은 자리를 옮겼다.

 복도를 걸어 구석에 자리 잡은 방으로 들어갔다. 방에는
어둠 속에서 침대에 엉덩이를 걸친 사내가 있었다.

 "울프… 침입자다. 반드시 생포하도록."

 "……."

 사내는 그에게 대답도 하지 않고 어둠 속에서 복면을 쓰
며 조용히 일어났다.

구속당하지 않는 늑대

차준혁은 조용히 건물 사이로 들어섰다.

하얀색 건물들이 이곳저곳에 건설되어 마을을 이루고 있었다. 눈에 보이는 것만 대충 세어보아도 10채가 넘어보였다.

'도대체 여기다가 왜 마을을 만들어 놓은 거지?'

일단 어떤 용도로 지어진 것인지 알 수가 없었다.

물론 안으로 들어가 보려 했지만 정문은 전자보안장치로 잠겼고, 창문도 일반유리가 아닌 방탄으로 설치되어 있었다.

함부로 침입했다간 침입센서가 작동할지 몰랐다.

그사이 차준혁은 마을에 대해 생각하며 지금까지의 상황들을 조합해봤다.

'마을, 신식건물, 무장경비대… 거기다 입양으로 사라진 아이들.'

천익은 김태선을 앞세워 대한민국을 집어삼키려 했다. 그렇다면 천익에게 필요한 것이 무엇이 있을까. 그건 바로 충성을 다할 인력이었다.

'무장경비대를 교육시킬 시설은 절대로 아니야.'

일단 마을까지 오며 용병훈련 시설을 발견하지는 못했다. 그렇다면 예상된 추측은 한 가지뿐이다.

'설마… 사라진 아이들을 여기서 키우고 있던 건가?'

GHE상회에서 300명분의 생필품을 주기적으로 이곳에 납품해왔다. 예상된 경비대의 인원수로 보기에는 턱없이 많을 수밖에 없었다.

'만약에 10년이 아니라 그 이전부터 위장입양을 해왔다면?'

점점 커지는 불안감은 정황들이 퍼즐처럼 맞춰지며 확신으로 바뀌었다.

'20년 전부터라고 치면 아이들은 이미 성인이 되었다. 천익은 그렇게 성인이 된 사람들을 사회로 진출시킨 거야!'

그들이 철저하게 천익의 교육을 받았다면 뿌리까지 세뇌

되었을 것이다. 그렇다면 사회에 나가서도 천익을 위해 일할 것이 분명했다.

'…이런!'

맞은편 쪽에서 경비대가 포진한 상태로 걸어오고 있었다. 이제 차준혁은 어둠 속으로 몸을 숨기며 그들이 지나가길 조용히 기다렸다.

저벅. 저벅.

그때 다른 쪽에서도 경비대가 나왔다. 거기서 끝이 아니었다. 대기병력들도 모조리 마을 중앙으로 나오더니 집결했다.

차준혁은 어둠 속에서 그들을 따라 조용히 움직였다.

'날 찾기 위해 수색작전을 펼치려는 건가? 그렇다면 다행이군.'

여기로 모인 사람들이 경비대 전력이라면 탈출지점으로 향한 IIS요원들은 안전하다는 의미와 같았다.

'저 녀석은……?'

경비대가 오와 열을 맞추자 정면으로 한 사내가 앞으로 나와 섰다. 복면으로 얼굴을 가린 사내였다. 그러나 밖으로 보이는 사내의 눈빛이 얼음장보다 차가웠다.

차준혁도 잘 아는 눈매였다.

'여기에 와 있었나?'

천익본사 로비에서 싸웠던 사내였기 때문이다.

"울프 대장께 경례!"

척—!

경비대는 사내에게 경례를 올리고 열중쉬어 자세로 돌아갔다. 다들 잔뜩 긴장한 얼굴로 서 있었다.

'이름이 울프는 아니겠고 별명인가?'

울프라고 불린 사내는 40명의 경비대원들을 천천히 둘러보고 말했다.

"침입자의 수는 파악되지 않았다. 일단 1명이라고 하지만 절대로 방심하지 말도록."

"Sir!"

그들의 대답과 함께 울프의 목소리가 이어졌다.

"대기병력을 나눠 전멸한 1팀과 3팀을 대신한다. 그리고 각 팀은 수색포진 지점으로 이동하여 움직인다."

"Sir!"

경비대원들은 대답과 함께 사방(四方)으로 갈라져 달려갔다. 혼자 남게 된 울프는 멀어지는 그들을 보다가 시선을 조용히 돌렸다.

그사이 차준혁은 몸을 뒤로 빼려 했다.

'정보 수집은 여기까지만 해야겠어.'

이곳에 경비대만 있는 것이라면 들켜도 교란작전을 펼쳐 빠져나갈 수 있었다. 그러나 울프가 다시 입을 열면서 동작을 멈출 수밖에 없었다.

"언제까지 거기서 쪼그리고 앉아 있을 생각이지?"

"……."

울프의 시선은 정확히 차준혁이 숨어 있던 건물 옆 어둠 속으로 꽂혔다.

차준혁은 당연히 놀랐다. 그리고 발각된 것을 알고 몸부터 일으켜 걸어 나왔다. 물론 차준혁도 복면을 쓰고 있었기에 서로의 정체를 알지 못했다.

"본사에서 만났던 놈인가."

"……."

그의 물음에도 차준혁은 대답을 하지 않았다. 자신처럼 오감이 예민한 것이라면 목소리만으로 정체를 들킬 수 있기 때문이다.

반면에 차준혁은 울프의 목소리 때문에 복면 속에서 더욱 놀라고 있었다.

'저… 목소리는?'

"왜 대답을 하지 않나. 아니면 그놈이라고 인정하는 것인가?"

'아니야. 성격이 전혀 다르잖아!'

로비에서 싸울 때는 듣지 못했던 그 목소리는 천익에 잠입을 했을 때 질리도록 들었다.

"흥… 이명?"

끝내 차준혁은 그 이름을 내뱉고 말았다. 물론 일부러 낮게 깔아 목소리를 다르게 만들었다.

"나에 대해서도 알고 있었나? 그럼 네 녀석이 오정구인가? 진짜 정체는 뭐지."

진짜로 천익에서 차준혁과 파트너를 이뤘던 홍이명이었다. 그런 차가운 그의 목소리가 차준혁의 미간을 더욱 찌푸리게 만들었다.

복면으로 보이지 않았지만 지금의 상황이 이해되지 않아 인상이 써졌다.

"나는 네놈을 뭐라고 불러야 하지?"

"…매드독."

"늑대와 개인가? 묘한 조합이군."

침착하게 들리는 그의 목소리에서 평소에 활기찼던 홍이명의 성격이 살짝 드러났다. 그사이 차준혁은 주변을 조용히 살피기 시작했다.

홍이명은 차준혁의 위치를 알고 있었다. 방심하게 만들 작전이라면 사방으로 흩어졌던 경비대원들이 다시 돌아와 포위하고 있을지도 몰랐다.

"녀석들은 일부러 보낸 것이니 걱정하지 않아도 돼. 내 말을 믿지 못하려나."

점점 활기를 띈 그의 목소리가 차준혁을 흔들었다.

솔직히 천익을 싫어했을 뿐이지 언제나 즉흥적이면서 활기차던 홍이명은 마음에 들었기 때문이다.

"나와 싸우기 위해서 사람들을 물린 건가?"

"그렇다고 볼 수 있지. 헌데 카메라의 사각지대를 정확하게 알고 선 건가? 그렇다면 정말 철두철미하군."

차준혁은 걸어 나오던 것을 멈추고 있었다. 홍이명의 말대로 주변을 살피다 발견한 카메라의 사각지대를 계산해 자신이 찍히지 않도록 선 자리였다.

"날 찾아낸 당신도 만만치 않은 것 같은데?"

"카메라가 신경 쓰인다면 자리를 옮기도록 하지. 설마 도망치지는 않겠지? 만약 도망친다면 나도 치졸해지는 수밖에 없다."

홍이명은 무전기를 들어 흔들었다. 언제라도 경비대를 호출해 이곳으로 부르겠다는 표시였다.

"왜 진즉에 부르지 않은 거지? 당신은 이곳에 충성을 다하는 부하가 아니었나?"

"훗……!"

그 물음에 홍이명은 비릿한 웃음소리를 흘렸다.

"무슨 의미이지?"

"난 그저 무료한 삶이 싫을 뿐이야. 이곳은 그런 무료한 삶을 즐길 수 있도록 해주지."

"독단으로 움직인다는 말인가?"

솔직히 홍이명의 나이와 반비례한 무술실력은 천부적이라고 생각할 수밖에 없었다. 거기다 성격까지 즉흥적이니 누구도 감당하기 힘들었다.

지금 상황만 봐도 홍이명은 누가 시켜서나 협박해서가 아닌 자신의 의지로 행동하는 것이다.

"지시를 받지만 그에 관한 행동도 내가 결정할 뿐이지. 그보다… 내 질문의 대답은 아직인가?"

"좋다. 다른 곳으로 가도록 하지."

함정일지도 몰랐다. 그러나 차준혁은 카메라에 찍힐 곳을 피하는 것이 상책이라 판단했다.

둘은 그렇게 자리를 옮겼다. 물론 차준혁은 카메라가 비치지 않는 사각지대를 계산해 어둠 속에서 그를 따라갔다.

'이거 상황이 더 악화된 것이라고 봐야 하는 건가?'

차준혁의 머릿속은 그 어떤 때보다 복잡했다. 미래에서 자신을 죽인 것이 다른 누구도 아닌 홍이명이었기 때문이다.

그동안 두 사람은 마을에서 벗어나 나무가 자리 잡지 않은 공터에 도착했다.

"이곳은 경비대원들이 격투훈련을 하는 곳이지. 카메라는 설치되어 있지 않으니 믿어도 돼."

홍이명은 그 말과 함께 복면을 벗었다.

"후우… 어차피 내 정체를 안다면 굳이 가릴 필요도 없겠지. 이게 생각보다 답답해서 말이야. 넌 벗지 않아도 괜찮은가?"

보통사람이 상대라면 기감만으로 충분히 상대할 수 있었다. 하지만 지금의 상대는 다른 누구도 아닌 무술에서 호각을 펼쳤던 홍이명이었다.

복면으로 가려지는 좁은 시야가 조금이라도 방해되면 한순간에 위험할 수도 있었다.

"어쩔 수 없군."

결국 차준혁도 복면을 벗었다. 그러나 본래 얼굴이 아닌 위장용 패치로 바꾼 오정구의 얼굴이 드러났다.

이번 작전을 준비하면서 복면이 찢어질 것에 대비해 위장용으로 바꿔놓은 것이다.

"역시 오정구였군. 아니 매드독이라고 불러야 하나?"

"후자가 좋겠지."

차준혁은 여기까지 와서 군이 오정구라 불리고 싶지는 않았다.

"뭐… 싸우면서 다정하게 이름 부를 일은 없겠지."

몸을 풀기 시작한 홍이명은 천천히 자세를 잡았다. 그런데 로비에서 싸울 때 보여줬던 각종 무술 중에 하나가 아닌 평범히 서 있는 자세였다.

동시에 차준혁의 얼굴이 급격히 굳어지게 되었다.

"날 흉내 낸 건가?"

"이게 맞는지 모르겠군. 보통은 자연체라고 부르는데… 맞나?"

홍이명의 자세는 태무도의 기본자세인 무형자연체였다. 완벽하게 익힌다면 어떤 자세에서든 격타, 용절, 전추를 펼칠 수 있었다.

물론 홍이명의 자세가 완벽하지는 않았지만 처음 하는 사람보다는 몇 배 나았다.

"소위 천재라고 부르는 족속이군."

차준혁은 로비에서 싸웠을 때부터 그의 능력을 알아보았다.

물론 고명한 무술인 유중환도 모든 무술을 익혀 사용했다. 그러나 무의 형(形)의 깊이가 있어 동작 하나하나에 묵직함이 느껴진다.

반면에 홍이명은 동작부터 가볍고 날카로운 예기가 서려 있었다. 깊이가 아닌 재능으로 익혀 발휘하는 것이다.

"다들 그렇게 부르더군. 실력이 상당하던데. 내가 제대로 익혔는지 봐주겠지? 흐읍!"

홍이명은 그 말을 끝으로 빠르게 달려들었다. 태클을 걸려는 것이 아닌 격타를 쓰기 위함이었다.

'공격이 날카롭잖아!'

깜짝 놀란 차준혁은 옆구리로 날아든 그의 주먹을 무회로 흘려보냈다. 그리고 자신의 왼팔로 그의 오른팔을 휘어감아 용절추로 관절을 역으로 꺾으며 던지려 했다.

파팍—!

미리 예상을 한 홍이명은 관절이 꺾이던 방향으로 몸을 띄우더니 무릎으로 차준혁의 목을 노렸다.

쿵—!

그 순간 차준혁은 호흡을 무겁게 내뱉으며 오른팔로 그의 무릎 공격을 막아냈다.

방어는 그대로 공격으로 전환되었다. 차준혁은 접어서 막았던 팔을 펼치며 격타로 그의 허리를 내려찍었다.

훅—!

이번에는 홍이명이 무회로 공격을 흘리더니 공중에서 회전하며 조금 떨어진 자리로 착지했다.

"회피기술은 태극권의 화경을 응용한 것이었군. 익혀두지 않았다면 내상을 입은 채 바닥에 처박혔겠어."

홍이명은 차준혁의 공격을 겪으며 부족했던 것을 채워나가는 것 같았다. 당연히 그런 행동을 본 차준혁은 자세를 가다듬으며 쓴웃음이 지어질 수밖에 없었다.

'실수라도 했다면 내가 당하겠군.'

한 번 보는 것만으로도 익히는 재능도 대단하지만 공격에 반응하는 속도가 차원이 달랐다. 방금 전에도 회심의 공격이 들어가기까지 0.1초도 걸리지 않았기 때문이다.

하지만 홍이명은 그걸 처음 선보인 무회로 완벽하게 피해냈다.

"방금 전에는 체중이동 호흡인 것 같던데… 설마 이 정도 실력이 전부는 아니겠지?"

부족한 것을 거의 다 채운 홍이명은 조금 실망했다는 눈빛으로 차준혁을 쳐다보았다.

태무도까지 익혔다면 더욱 위험해진 것이다. 차준혁은 시간을 끌면 안 되겠다고 여기고 이를 악 물었다.

"그럴 리가 없지. 하지만 당신은 그 말을 한 것을 후회할지도 몰라. 흐으읍!"

동시에 차준혁의 전신에서 무시무시한 살기가 솟구쳤다. 밤중에 시끄럽게 울어대던 새들도 요동치는 살기에 놀라 급히 날아가기 바빴다.

"이 정도의 살기라니. 하지만 그런다고 바뀌는 것이 있을까?"

웬만한 무술인이라면 살기 정도는 자력으로 운용할 수 있었다.

하지만 마음가짐뿐이지 육체적으로 변하는 것은 없었다. 홍이명도 그걸 알기에 문제가 없다고 여겼다.

"과연 그럴까?"

이번 선공은 차준혁이었다.

순식간에 거리를 좁힌 뒤에 아까보다 몇 배나 빠르게 3방의 격타를 날렸다.

훅—! 퍼퍼퍽!

무회를 미처 사용하지 못한 홍이명은 급히 팔로 막아내

며 버틸 수밖에 없었다.

"크윽…! 어떻게 이런 스피드가……?"

"그것뿐만이 아니지."

차준혁의 공격은 거기서 그치지 않았다.

물론 홍이명도 반격을 위해 격타로 근접 공격을 해 보였다. 그러나 차준혁이 먼저 무회로 공격을 피하며 방어를 위해 들고 있던 그의 팔꿈치를 붙잡아 안쪽으로 비틀었다.

우드드득―! 팍―!

무회와 용절추를 연계한 기술이었다. 그로 인해 깜짝 놀란 홍이명은 어깨부터 돌아가기 시작한 팔부터 억지로 잡아 빼더니 물러섰다.

그의 어깨는 절반쯤 비틀려 머리까지 올라갔다. 이미 어깨탈구가 일어나 팔은 바닥을 향해서 축 져져 있었다.

"살기와 관계가 있는 거냐!"

"…….."

방금 전까지 대답을 해주던 차준혁은 조용했다.

오로지 살기와 전투에 집중하기 위해서 사념을 억눌렀다. 조금이라도 어정쩡하면 초감각의 극의가 흐트러질 수 있기 때문이다.

"크윽… 아아악!"

홍이명은 탈구된 자신의 어깨를 억지로 끼워 넣었다. 그리고 다시 태무도의 자세를 잡더니 여유가 있던 표정을 가다듬었다.

어떤 공격이든 냉정하게 대응하기 위해서였다. 동시에 차준혁은 자신을 죽였던 사내와 눈빛이 똑같아지는 것을 느끼며 달려들었다.

파파팍! 파팍! 파팍!

두 사람의 공방이 다시 시작되었다.

공격은 아까처럼 일방적으로 이뤄지지 않았다. 바람소리가 허공을 가르며 팽팽하게 잡아당겨진 실처럼 아슬아슬함을 보였다.

그러다 홍이명은 태무도와 함께 자신이 익힌 무술까지 섞어서 썼다.

'이대로 있다간 밀리겠어.'

그 와중에도 홍이명의 무술실력은 성장하고 있었다. 계속 이대로 공방을 펼친다면 차준혁도 더 이상 버티기가 힘들었다.

'이 자식은 괴물인가?'

퍽! 퍼퍽!

한순간에 사념을 떠올린 차준혁은 옆구리를 내주고 말았다. 격타와 타격 순간 발경이 터지는 중국권법의 촌경을 복합시킨 공격이었다.

"크억……!"

묵직한 충격에 차준혁은 격통을 흘리며 3m 밖으로 미끄

128

러지듯이 밀려났다.

"이런 식으로도 쓸 수가 있었군."

스스로의 실력에 감탄한 홍이명은 주먹을 쥐었다 폈다 하면서 차준혁을 쳐다봤다.

'왼쪽 갈비뼈가 2개 정도 나간 건가……?'

차준혁은 통증으로 대략적인 상태를 짐작했다.

"이제 슬슬 끝내야겠군."

그 모습에 홍이명은 마무리를 하려는지 더욱 싸늘한 표정으로 다가왔다.

"여기서 당할 수는 없지."

홍이명을 쳐다보던 차준혁은 행운을 바라듯이 목걸이를 쥐며 더욱 살기를 내뿜었다. 극의라고 생각했던 살기보다 더한 기운이 사방으로 솟구쳤다.

'뭐, 뭐지?'

심상치 않음을 느낀 홍이명은 급히 달려들었다.

그 순간 차준혁은 아까보다 느리게 보이기 시작한 홍이명의 동작을 뚜렷하게 볼 수 있었다.

'설마 라이브 레코드 말고도 목걸이에 능력이 또 있었던 건가?'

틈을 잡아낸 차준혁은 느릿해진 홍이명의 상체급소만 노려 주먹을 내질렀다.

퍼퍼퍼퍼퍽!

일순간에 5방의 주먹이 그의 급소로 박혀 들어갔다.

"커, 커억—!"

공격은 거기서 그치지 않고 계속됐다. 홍이명이 쓰러지는 와중에도 느려진 상황을 이용해 공격을 끊임없이 퍼부어댔다.

쿵—!

이내 나무로 날아가 부딪친 홍이명은 곧장 일어나지 못하고 쓰러져 있었다.

"허억…! 허억……!"

동시에 차준혁은 초감각이 풀어지면서 숨소리가 거칠어졌다. 평소에 능력을 사용했을 때보다 몇 배나 되는 피로가 몰려왔기 때문이다.

"크윽… 네, 네 녀석 괴, 괴물이구나. 큭큭큭……."

홍이명은 쓰러져 있던 몸을 나무에 기대며 중얼거렸다. 그리고 씁쓸하기보다 오히려 웃고 있었다.

"뭐가 그렇게 좋지?"

급소를 집중적으로 맞았으니 홍이명은 일어나기 힘들 것이다. 오히려 통증 때문에 웃기보다 고통에 차 있어야 했다. 하지만 홍이명은 미소를 그치지 않았다.

"오정구… 선배랑 술 마실 때 즐거웠냐?"

그가 갑자기 뚱딴지같은 소리를 내뱉자 차준혁은 고개를 갸웃거렸다. 하지만 어렵지 않게 이해하고 입가에 미소가

지어질 수밖에 없었다.

차준혁이 천익에 잠입했을 때에 언제나 퇴근하고 술자리를 가졌던 홍이명이었다. 그때의 모습은 수다스럽고 귀찮을 때도 많았지만 누구보다 활기찼다.

언제나 긴장하며 살던 차준혁도 그와 술을 마실 때는 기분이 좋았다. 그래서 솔직하게 대답해줬다.

"…즐거웠습니다."

"그…러냐……?"

홍이명의 숨소리가 점점 옅어졌다. 그러다 입가에서 피까지 흘러나왔다. 자신의 마지막을 예감하고 차준혁을 전처럼 친근하게 불러본 것이다.

"고맙……."

이내 홍이명은 마지막 말조차 끝내지 못하고 눈을 뜬 채로 숨이 꺼졌다. 그 광경에 차준혁은 조용히 다가가 그의 눈을 감겨주었다.

"후우……."

차준혁은 갈비뼈가 부러진 탓에 옆구리를 붙들고 숲으로 걸어 들어갔다. 몸 상태가 좋지 않으니 탈출하기 위해서였다.

"효과가 있으려나."

극심한 통증에 차준혁은 주머니에서 진화환을 하나 꺼내 삼켰다. 다행히 진통억제 효과가 있는지 갈비뼈의 통증이 빠르게 가라앉았다.

"포위망이 더 좁혀지기 전에 어서 탈출해야 해."

홍이명의 지시로 사방으로 흩어졌던 경비대원들이 포진을 하여 수색 중이었다. 거기다 홍이명과의 전투에서 살기까지 뿌렸고, 시간까지 상당히 지났으니 위험할 수도 있었다.

"이 위치면 남쪽으로 가는 것이 빠르겠어."

탈출지점은 총 3곳이다. 배진수, 유강수, 김욱현이 무사히 산을 탈출했다면 미리 지정한 세 방향의 장소로 나뉘어져 대기 중일 것이다.

그중에 현재 차준혁의 위치에서는 남쪽으로 3km 정도 떨어진 지점이 제일 가까웠다.

차준혁은 힘들었지만 다시 초감각을 일으키면서 남쪽을 향해 달렸다. 증폭된 청력과 시력으로 경비대를 포착하기 위해서였다.

사사사삭! 사사사삭!

계속 달리던 차준혁은 유동감지기가 보이자 반경을 계산하여 피하면서 나아갔다. 그러다 100m 밖에서 점점 다가오는 경비대를 보게 되었다.

전투로 시간을 너무 지체한 탓에 포위망은 이미 좁혀진 상태였다.

"결국 싸울 수밖에 없는 건가?"

그들은 바위 뒤부터 나무 위까지 샅샅이 훑으며 다가오고 있었다.

"어쩔 수 없지."

기관단총이라도 있었다면 저격을 하며 빠져나갈 수 있었다. 그러나 지금 장비 중에 무기는 마취총 뿐이었다.

결국 차준혁은 마취총을 챙겨들고서 정면의 경비대를 향해 달리기 시작했다.

타다다다닥!

"침입자다!"

위협을 느낀 경비대는 곧장 기관단총을 겨눠들었다.

'이거 피하기가 더럽게 힘들겠군.'

동시에 차준혁은 살기를 크게 일으켜 초감각을 날카롭게 만들었다. 그러자 시야가 더욱 넓어지며 그들이 겨눈 총구의 궤도가 보였다.

그사이 거리가 더 가까워지자 경비대는 망설임 없이 기관단총의 방아쇠를 당겨댔다. 바람과 같은 소음기의 총성이 울렸다.

동시에 궤도를 가늠한 차준혁은 지그재그로 뛰며 마취총을 쏘았다.

피픽! 픽! 피피픽!

허공은 가른 탄환들 사이로 아피솔라젠 탄이 지나갔다. 그리고 경비대의 목과 팔로 사정없이 꽂혔다.

약효는 즉효성이라 그걸 맞은 경비대원들이 픽픽 쓰러져 갔다.

마침내 포위망에 구멍이 생긴 것이다. 그 틈에 차준혁은 탄환들을 피해 공중제비를 돌면서 계속 달렸다.

"어디든 맞춰!"

경비대장의 고함소리가 크게 울렸다. 1열로 늘어졌던 경비대는 시끄러워진 지점을 향해 모여들었다.

차준혁은 그걸 보면서 뚫린 포위망을 향해 달리기에 더욱 박차를 가했다.

'저들부터 떨쳐내야 해!'

방금 전에 5명을 마취총으로 쓰러뜨리며 포위망을 뚫을 수 있었다. 그러나 뒤로 포위망을 펼치고 있던 경비대원들이 모여 들어 따라붙었다.

그로 인해 차준혁은 팔목에 채워진 GPS위치추적기를 확인했다. 현재 자신의 위치를 확인할 수 있었다.

'좌표 37.179259, 129.000695. 탈출지점까지 약 500m. 이대로라면 탈출지점에서 대기 중인 사람도 위험해!'

경비대를 완전히 따돌려야 탈출이 가능했다. 아래로 경사진 숲을 달리던 차준혁은 급히 방향을 틀었다. 거리가 쉽게 벌어지지 않았다. 그러면서 위쪽에서 곧장 내달리는 경비대원들까지 보였다.

계속 직진해서 달릴 수 없었던 차준혁은 또다시 방향을 틀어 경사 길로 내려갔다.

좌아아아악—!

잠시 후 차준혁의 다리가 멈췄다. 빼곡했던 나무들이 사라지고 뻥 뚫린 공간이 나왔다.

산 중턱에 위치한 채석장이었다. 그곳에 도착한 차준혁은 모래경사를 타고 내려가 숨을 만한 장소부터 찾았다.

"채석장으로 내려가다니 도망치길 포기한 것인가?"

뒤를 따라오던 경비대는 아래로 내려가던 차준혁의 뒷모습을 보았다. 그리고 밑으로 이어진 흔적으로 확실할 수 있었다.

상황을 살피던 중에 경비대장의 무전기에서 노이즈가 울렸다.

치직—!

—여기는 Wolf Four. 훈련장에서 울프 대장의 시신 발견! 다시 말한다! 훈련장에서 울프 대장의 시신 발견!

북쪽에서 내려오던 경비대가 홍이명의 시신을 발견한 것이다. 그런 무전 탓에 경비대 전원의 표정이 싸늘하게 식었다.

누구보다 강했던 홍이명이 누군가에게 질 것이라고는 단 한 번도 생각하지 않았기 때문이다.

"Wolf Four! 진짜 울프 대장의 시신인가?"

—확실하다. 사망원인은 타격에 의한 중요내장기관파열로 추측된다. 절대로 방심하지 마라!

다들 전투의 프로였기에 사인(死因) 정도는 어렵지 않게 파악할 수 있었다. 경비대원들은 그 때문에 더욱 놀랄 수밖에 없었다.

침입자는 총이나 칼 같은 병기를 이용해서가 아닌 맨손으로 홍이명을 죽인 것이기 때문이다.

"지금부터 총 지휘는 내가 맡는다. 모두 채석장을 포위! 목격자는 즉각 사살 및 처리한다! 침입자를 절대 데드라인 바깥으로 나가게 해서도 안 된다!"

경비대장은 규율에 따라 권한을 스스로 위임하고 무전으로 명령을 내렸다. 이에 경비대원들은 아까보다 긴장한 표정으로 빠르게 움직였다.

채석장의 크기는 직경 300m에 달했다. 이곳저곳 돌과 모래로 동산을 이룬 채석장에서 게릴라전으로 공격해올지 몰랐다.

경비대도 그걸 감안해 단독이 아닌 삼삼오오 모여 따로 조를 이뤘다. 그 뒤로 사방으로 퍼져 나간 경비대에게서 각각 무전이 들어왔다.

—북쪽 이상무.

—남쪽 이상무.

─남동쪽 입구 이상무. 경비원 사살 완료했습니다.

다른 방향에서 무전이 들어오자 책임자인 경비대장의 표정은 더욱 굳건해졌다.

"절대로 벗어나지 못했을 것이다. 그러니 채석장 안을 철저하게 수색한다."

조용히 움직이던 경비대원들이 분주해졌다. 그리고 최고의 실력을 자랑하던 홍이명까지 죽인 실력자였으니 긴장감이 더욱 고조되었다.

저벅. 저벅.

피피픽!

그때 구석진 곳을 수색하던 3명의 경비대원들이 날카로운 바람소리와 함께 쓰러지려 했다. 동시에 모래 속에서 튀어나온 인영이 그들을 붙잡고서 천천히 바닥으로 내려놓았다.

그 인영의 정체는 차준혁이었다.

'콜트SMG 3정에 탄창 4개. 글록17 3정에 탄창 6개. 이 정도면 충분하겠지.'

총기에는 모두 소음기가 장착되어 있었다. 산중이니 그들도 은밀하게 사용하기 위해 장착해놓은 것이다.

차준혁은 그렇게 경비대원들이 가지고 있던 장비들부터 확인했다. 전투를 벌이기에는 총기나 탄환도 충분한 양이었다.

"후우……!"

상황부터 파악한 차준혁은 또다시 살기를 급격하게 끌어 올렸다.

심상치 않은 기운이 넘실거리자 긴장하고 있던 경비대원 들도 깜짝 놀랄 수밖에 없었다. 동시에 채석장 바닥을 울 리는 소리가 차준혁의 귓가로 세밀하게 들려왔다.

피픽!

차준혁의 총구가 향한 곳은 수색 중인 경비대원들이 아 닌 굴삭기와 불도저 쪽이었다. 그렇게 발사된 탄환은 철판 에 튕기더니 경비대원들에게 날아갔다.

티팅! 파팍―!

2명이 갑자기 쓰러지며 머리에서 피를 흘러내렸다. 탄두 모양이 둥근 9mm 파라벨룸 탄이었기에 가능한 도탄사격 이었다. 그들과 같이 서 있던 다른 경비대원은 깜짝 놀라 며 무전을 치려 했다.

피픽―! 티팅!

하지만 뒤를 이어 날아온 탄환이 뒤통수로 꽂히며 쓰러 질 뿐이었다.

일방적인 어둠 속의 전투는 그때부터 시작되었다.

차준혁은 살기를 퍼뜨리면서 초감각으로 경비대원들의 위치를 잡아냈다. 도탄사격도 계속되면서 그들을 하나씩 쓰러뜨려갔다.

"이쪽이—!"

우연히 차준혁을 발견한 경비대원들도 외침을 잇지 못하고 미간이 뚫렸다.

경비대원들은 어둠 속에서 혼란에 빠졌다. 사격지점은 탄환이 중장비와 바위에 부딪쳐서 알 수가 없었고, 무전도 장소를 말하기 전에 끊겨버렸기 때문이다.

치직—!

—사격지점을 아직 알아내지 못했나!

무전으로 당혹스런 경비대장의 외침이 울렸다.

방금 전 숲에서는 나무가 있긴 했지만 라버건이 아니다 보니 총을 줍는다 해도 도탄사격이 불가능했다. 그런 이유 때문에 차준혁은 채석장에서 그들을 전멸시키기 위해 일부러 유도한 것이다.

"…앞으로 11명."

먼 거리의 경비대원들까지는 도탄사격이 닿기 힘들었다. 이에 차준혁은 기감을 멀리 퍼뜨리며 걸음이 옮겨졌다.

"저쪽이다!"

그때 멀찍이 서 있던 경비대장은 한쪽에서 튀어나온 차준혁을 발견할 수 있었다. 경비대원들은 그의 목소리가 무전으로 울려 퍼지자 개떼처럼 몰려들었다.

팅—!

동시에 차준혁의 손에서 섬광탄의 핀이 뽑히면서 공중으로 던져졌다. 사방으로 엄청난 빛이 뿜어지며 퍼져 나갔다. 야간투시경을 쓰고 있던 경비대원들은 전원 눈을 부여잡으려 쓰러질 수밖에 없었다.

"스스로 몰려와 주면 고마울 따름이지."

미리 눈을 감고 있던 차준혁은 멀리서 다가온 그들을 향해 사정없이 방아쇠를 당겨댔다. 섬광이 뿜어지기 전에 위치를 파악해뒀고, 소리로 움직임까지 알 수 있었다.

거기다 몰려와준 상태로 시야가 마비되었으니 경비대원들은 어디로든 숨기가 힘들었다.

"……."

섬광이 잦아들자 차준혁은 천천히 눈을 떴다.

채석장 바닥에는 생존해 있던 11명의 경비대원이 탄환에 머리를 관통당한 채로 쓰러져 있었다.

"후우… 이 정도면 더 이상 쫓지 못하겠지."

상황을 완전히 종료시킨 차준혁은 걸음을 옮겼다. 지금까지 쓰러뜨린 수는 경비대원의 일부분에 불과했다. 정체불명의 마을 북쪽으로 수색을 하던 인원들이 아직 오지 않은 것이다.

그들까지 채석장으로 오기 전에 자리를 떠야 했다.

남쪽 탈출지점에 있던 배진수는 그 어떤 때보다 초조했

다. 그러다 핸드폰을 꺼내 들고 다른 지점에서 대기 중인 다른 두 사람에게 연결시켰다.

MR텔레콤에서 제작된 IIS요원용 W1 스마트폰이라 멀티통화기능이 장착되어 있었다.

"MAD Two. Three. 아무런 소식도 없나?"

—MAD Two. 없습니다.

—MAD Three. 없습니다. 그보다 잔뜩 긴장해서 1분마다 호출하지 마시고 조용히 기다리시죠.

마지막에 유강수의 목소리가 배진수의 귀를 향해 꽂혔다.

"시간이 얼마나 지났지?"

—MAD Three. 이탈시간부터 2시간 13분입니다.

"후우… 설마 잡히신 것은 아니겠지?"

지금까지 차준혁에게 연락도 없었다. 평소라면 무전기를 사용했겠지만 용도불명의 송신탑 때문에 무전주파수가 추적당할지 몰라서 쓰지 않았다.

—마스터가 잡히셨다면 정말 큰일이겠죠.

물론 유강수도 걱정을 하고 있었다. 그 때문에 배진수는 우물쭈물하다가 다시 입을 열었다.

철컥!

"찾으러 가야…! 아악!"

차문을 열려던 배진수는 뒷좌석이 갑자기 열리자 진심으

구속당하지 않는 늑대 141

로 놀랐다.

―무슨 일이십니까?

―대장님! 무슨 일이 생겼습니까?

그의 비명소리 때문에 유강수와 김욱현이 연결된 통화로 급히 물었다.

하지만 배진수의 시선은 뒷좌석으로 올라탄 차준혁을 보고 있었다.

"마스터!"

"탈출에 성공했으니 빨리 움직여주세요."

차준혁은 계속해서 초감각을 써댄 탓에 극심한 피로가 몰려왔다.

"아, 알겠습니다. 다들 들었지! 탈출한다!"

―Roger!

그들의 대답이 들리자 배진수는 미소를 머금고 곧장 차를 출발시켰다. 차준혁은 그사이에 긴장의 끈을 놓치고 기절했다.

그 시각 김정구는 나도명을 통해 들어온 소식을 접하고서 분노를 금치 못했다.

쾅―!

"고작 한 명을 놓쳤단 말인가!"

"며, 면목이 없습니다."

나도명은 직접 보고사항을 들고 와 얼굴을 들 수가 없었다.

"피해 상황은 어떻게 되지?"

질문이 이어지자 나도명은 어떻게 보고해야 할지 난감한 표정을 지었다.

"그게… 사망은 46명. 경상이 15명입니다. 그리고 사망자 중에 울프가… 있습니다."

홍이명을 말함이었다. 이에 김정구의 표정은 더욱 싸늘하게 굳어졌다.

"어떻게 그가…….."

"전투 흔적을 보아서는 총격전이 아닌 맨손전투로 죽임을 당한 것으로 추측하고 있습니다. 그 상황을 봐서는 저희가 침입자를 얕보고 있었던 것 같습니다."

이에 김정구는 씁쓸한 표정을 물었다. 홍이명은 그도 인정하는 최고의 실력자였기 때문이다.

당연히 누구도 이길 수 없다고 여기고 침입자에게 보낸 것인데 이처럼 죽음을 맞이할 줄은 몰랐다.

"홍주원 이사에게도 알렸나?"

"급한 상황부터 정리를 마치고 알리려 합니다. 일단 인원을 최대한 모아 마지막 전투지인 채석장부터 정리하는 중입니다."

현재 채석장에는 20구도 넘는 시신이 널브러져 있었다.

그 상태로 아침이 왔다간 누구도 막기 힘든 상황이 벌어질 것이다.

"…아이들은?"

"아직 대피소에 있습니다. 마을이 발각된 이상 최대한 빨리 지역을 정해서 옮겨야 할 듯싶습니다."

"무장경비대 외에는 들켜봤자 크게 문제될 것은 없지 않나."

어차피 산은 나도명의 명의로 된 사유지였다. 확실한 증거가 없다면 문제가 될 것이 없었다. 그리고 검찰에서 증거를 가져와 아이들의 존재를 들킨다고 해도 공문서 위조로 단기형량만 받게 될 것이다.

물론 아이들을 키워온 비용에서 손해가 생기겠지만 뿌리를 들킬 바에는 차라리 그것이 나았다.

"무슨 말씀이신지 알겠습니다. 더 이상 어르신에게 심려를 끼치지 않을 것입니다."

"그보다 어떤 녀석인지 흔적도 잡지 못한 것인가?"

침입자를 해치우기 위해 투입된 병력만 61명이었다. 그런데 흔적조차 얻지 못했으니 천익의 입장에서는 참패나 다름없었다.

"흔적이 있긴 합니다만……."

나도명은 경비대에게 전달받은 주사기 모양의 탄환을 내밀었다.

"이제 뭔가?"

"마취탄입니다. 그 외에는 침입자가 경비대의 장비를 탈취해서 싸웠기에 흔적이 없습니다."

그사이 김정구는 마취탄을 들어 유심히 살폈다.

"일반적인 마취탄과 다르게 생겼군."

보통 마취탄은 야생동물포획용으로 길이가 상당했다. 그런데 지금 김정구의 손에 들린 마취탄은 권총의 탄환과 비슷한 크기였다.

"권총용으로 개량된 장비 같습니다. 그리고 즉효성인 것으로 보아 특수한 약품으로 추정됩니다. 일단은 내부의 약품을 분석해보려고 합니다."

"겨우 쥐꼬리만 한 흔적만 잡은 건가?"

김정구는 그것만으로도 다행이라 생각했다. 사용된 약품만 추적할 수 있다면 침입자와 그 배후도 시간을 들여 찾아낼 수 있기 때문이다.

하지만 그들은 몰랐다. 차준혁이 사용한 아피솔라젠의 개량약품은 공기에 누출되면 급격하게 산화된다. 당연히 주사기탄환에 남은 잔여약품도 성분이 분해되었다.

그들이 약품을 정밀분석을 맡긴다고 한들 흔적을 쫓지 못한다.

"으음……."

차준혁은 정신을 차리고 주변부터 살폈다. 그렇게 눈을 뜬 장소는 1인용 병실이었다.

"후우… 맞아. 어제는 여기서 잠이 들었지."

강원도에 위치한 IIS본부 병실이다. 배진수가 대기시켜 둔 차량에 앉고서부터 기억이 없었다. 그때부터 정신을 잃었다가 깨어난 것이다.

이에 차준혁은 몸을 일으켰다. 이불이 걷어지면서 붕대가 칭칭 감긴 상반신이 드러났다. 홍이명과 싸우면서 입은 부상을 치료한 흔적이었다.

"크윽! 상당히 심하게 부러졌나보군. 그보다 윗도리는 어디 갔지?"

차준혁은 부상보다 머리가 이상하리만치 지끈거리고 어지러웠다. 그래서 진화환이 든 윗도리를 찾았다.

드르륵—!

그때 병실 문이 열리더니 신지연이 들어섰다.

"준혁 씨!"

"응? 지연 씨가 여긴 어떻게……."

신지연은 서울에 있어야 했다. 그리고 미리 연락하여 IIS 본부에서 하루를 보낸 후에 돌아간다고 했으니 올 필요도 없었다.

갑자기 앞으로 달려온 그녀는 눈물을 흘리며 비틀거리던 차준혁에게 안겼다.

"왜 그래요?"

"흐윽……."

눈물까지 흘리는 그녀의 모습에 차준혁은 영문을 알 수 없었다.

"그, 그보다 지연 씨. 손 좀……."

차준혁은 그녀가 가슴을 꽉 안는 바람에 갈비뼈가 부러진 통증을 몇 배로 느끼고 있었다.

"아… 미안해요."

그녀도 깜짝 놀랐는지 급하게 물러나 눈물을 닦았다.

"아니에요. 그런데 제 윗도리 못 봤어요? 거기에 약이 들어 있는데."

"약이라면 저기 놔뒀으니 일단 앉아 있어요."

신지연은 흥분을 가라앉히고 차준혁이 소파에 앉도록 도와줬다. 그 뒤에 서랍장으로 다가가 진화환을 꺼내 주었다. 약을 삼킨 차준혁은 시간이 조금 지나자 두통과 함께 가슴의 통증이 가라앉음을 느꼈다.

"후우… 이제 좀 살겠어요. 고마워요."

"그보다 준혁 씨가 얼마 만에 깨어난 건 줄 알고는 있어요?"

"…예?"

"기다려 봐요. 의사선생님부터 불러올게요."

그 말을 끝으로 신지연은 밖에서 IIS의 전속의사인 오정민을 불러왔다.

"도대체 무슨 말이지? 내가 며칠 만에 깨어났다고?"

혼자서 중얼거리던 차준혁은 병실로 들어온 사람들을 보았다. 의사인 오정민만이 아니었다.

IIS국장인 주상원과 정보분석팀 한재영도 있었다. 차준혁이 깨어났다는 소식을 듣자마자 곧장 달려온 것이다.

"정말 깨어나셨군요!"

의사가 먼저 상태를 확인하기도 전에 주상원이 다가서서 안도했다.

"제가 얼마 만에 깨어난 겁니까?"

그 물음에는 의사인 오정민이 설명해주었다.

"3일만입니다."

"제가 3일 동안 잠만 잤단 말입니까?"

"신체는 갈비뼈가 골절된 것 외에 타박상만 있었습니다. 그리고 뇌파로는 수면 중으로 판단되었습니다. 의학적 소견으로 극심한 피로에 의해 일어나지 못하셨던 것 같습니다."

순수하게 잠을 잤다는 의미였다. 그 때문에 차준혁은 어안이 벙벙한 얼굴로 사람들을 쳐다봤다.

"이거… 괜한 걱정을 끼쳤네요."

"아닙니다. 그저 깨어나신 것만으로도 다행입니다."

다들 계속 잠만 자던 차준혁을 걱정하느라 자신들의 몸도 챙기지 못했다. 그래서인지 수염조차 제때 깎지 못해 상당히 초췌해 보였다.

"아—! 지연 씨. 그럼 회사 업무들은 어떻게 된 겁니까? 3일이나 잤다면…….."

모이라이에서는 매일매일 처리해야 할 서류들이 산더미였다. 특히 신약개발이 코앞인 상황에서 중요하게 확인해야 할 부분도 많았다.

하지만 그런 모습에 신지연은 화가 난 듯했다.

"일어나자마자 일부터 걱정하는 거예요?"

"차 대표님도 정말 어쩔 수 없는 분이로군요."

주상원도 옆에서 탄식을 흘리며 쳐다봤다. 차준혁이 깨어나지 못했을 때에 엄청 마음을 졸였기 때문이다.

"아… 죄송합니다."

사람들의 반응에 차준혁은 머쓱해져서 뒷머리를 긁적였다. 그러면서도 회사는 계속 걱정되었다.

"그보다 몸은 정말 괜찮은 거예요?"

"아까 전에 지연 씨가 안으면서 조인 가슴 말고는 멀쩡해요. 얼마나 아프던지."

차준혁은 붕대가 감긴 가슴을 어루만지며 말했다.

"아, 아니 그건…….."

깜짝 놀란 신지연은 미안함에 얼굴이 붉어졌다. 그사이 의사인 오정민은 진단 결과를 말해주었다.

"일단 왼쪽 갈비뼈가 2개나 골절되었으니 완치되려면 4주에서 5주 정도의 안정이 필요합니다."

"알겠습니다. 치료해주셔서 감사합니다. 그보다 계속 여기에 계실 건가요?"

매일같이 바쁜 사람들에게 폐를 끼친 것 같았다.

"일도 중요하지만 어떻게 된 상황인 건지 말씀을 해주셨으면 합니다."

비밀부지의 관한 사항은 배진수에게 초입에 대해서만 들었을 뿐이었다. 그 뒤로 차준혁이 혼자 움직였으니 추가적인 결과보고가 필요했다.

"그러도록 하죠. 지금 모습으로는 좀 곤란하니 준비를 하고서 회의실로 모이도록 하죠."

"수뇌부를 소집하고 기다리겠습니다."

사람들은 그 제안을 듣고 병실을 나섰다. 그렇게 병실에는 차준혁과 신지연만이 남게 되었다.

"준혁 씨가 일어나지 못하신다고 해서 제가 얼마나 놀랐는지 알아요?"

그사이 신지연은 옆자리에 앉아 걱정했던 말을 털어놨다. 3일 전에 갑작스런 연락을 받고 왔을 때는 심장이 떨어지는 것 같았다.

"누가 연락을 드린 거예요?"

"국장님이 직접 연락을 주셨어요. 그리고 가족들이랑 회사에는 급히 지방출장이 생겼다고 말해뒀어요."

차준혁의 부재는 여러 가지 문제를 일으킬 수 있기에 신지연은 나름대로 이유를 만들어놓았다.

"고마워요. 그보다 슬슬 준비해야겠어요."

"옷은 제가 챙겨왔어요."

자리에서 차준혁이 일어나자 신지연은 옷장에서 셔츠와 정장을 꺼내주었다.

회의실에 모인 사람들은 지난번처럼 IIS의 수뇌부들이었다. 거기다 차준혁의 상태를 궁금해 하던 유중환도 포함되어 있었다.

"준혁군은 정말 괜찮은 겁니까?"

유중환은 상석에 앉아 있던 주상원에게 물었다.

"다행히 멀쩡해 보였습니다."

"그렇군요."

다시 침묵이 이어졌다. 그러다가 회의실 문이 열리면서 차준혁과 신지연이 들어섰다.

"중요한 사항을 앞두고 문제를 일으켜 죄송합니다."

"저희들 모두 이해하니 신경 쓰지 않으셔도 됩니다."

차준혁은 자리에 착석한 사람들을 한 번 보고 천천히 입을 열기 시작했다.

"배진수 요원에게 보고를 받으셨겠지만 나도명의 명의로 된 부지 내에는 콜트SMG와 글록17로 무장한 병력들이 있었습니다. 인원은 대략 60명 정도로 경비대를 자처했습니다."

"경비대요? 무엇을 지키고 있단 의미입니까?"

총기에 관해서는 먼저 보고를 받았을 때 이미 놀랐다. 그러나 자세한 것은 몰랐기에 더욱 의문이 들었다.

"부지 중심에는 대략 10채가 넘는 신식건축물로 이뤄진 마을이 있었습니다."

그런 설명에도 다들 이해하기가 어려웠다.

"그 마을을 지키기 위한 경비대란 말입니까? 도대체 무엇이 있기에……."

"이제부터 제 나름대로 정리한 상황을 말씀드리겠습니다."

차준혁은 그들의 반응을 보며 다시 말을 이어갔다.

"천익은 GHE상회를 이용해 탈세와 더불어 약 300명 분의 식품 및 생필품을 주기적으로 태백 비밀부지에 납품해왔습니다. 그것만 봐도 적지 않은 사람이 거주하고 있단 것을 알 수 있습니다."

"그건 저희도 추측한 사항입니다."

주상원은 차준혁의 생각을 듣고 싶었기에 대답으로 뒤의

설명을 재촉했다.

"저는 그곳이 위장입양시킨 아이들을 교육하기 위해 만들었다고 생각합니다. 그리고 제 예상대로라면 저희가 알아낸 입양기록보다 훨씬 전부터 실행되었다고 예상됩니다."

또다시 사람들의 표정이 굳어지면서 회의길 분위기를 무겁게 가라앉혔다.

"천익에서 아이들을 키웠단 말입니까?"

"그것만이 아닐 겁니다. 어른이 된 아이들을 자신들이 원하는 곳으로 진출시켰겠죠."

"어, 어떻게 그런… 증거가 있는 겁니까?"

차준혁의 말이 사실이라면 천익은 정말로 무시무시한 계획을 세운 것이다. 주상원은 그만큼 상황을 입증할 증거가 필요했다.

"제가 마을로 진입하기 전에 어딘가에 숨긴 것 같지만… 아이들의 발자국을 확인했습니다."

천익에서 나름대로 아이들을 대피시켰지만 완벽하게 흔적을 지울 수는 없었다. 그로 인해서 차준혁은 흔적을 발견할 수 있었고 이후에 홍이명과 싸운 것이다.

"하지만 그것만으로는…….."

"확인해보면 알겠죠. 일단 30년 전부터 입양아 출신으로 정치 및 경제계열에 들어간 사람이 있는지 확인해봐야 합니다. 그들도 신원이 필요할 테니 분명히 따로 절차를 밟아 신분세탁을 했을 것입니다."

차준혁은 자신의 의견을 밀어붙이고서 사람들의 반응을 살폈다. 다들 너무 충격적인 추측 때문에 반문조차 던지지 못하고 있었다.

"그런데 태백 쪽에서는 아무런 일도 없었습니까? 특히 탈출지점에서 가까웠던 채석장에서 말입니다."

"아무런 일도 없었습니다. 무슨 문제라도 있으신 겁니까?"

생각에 잠겨 있던 주상원은 아무렇지 않게 대답했다.

"그곳에서 총격전이 있었습니다. 제가 죽인 시신도 상당했을 텐데 아무런 일도 없었다고요?"

IIS에서도 차준혁이 정신을 못 차리는 동안 태백의 움직임을 확인해왔다. 그러나 특별한 움직임이 없었기에 따로 말하지 않은 것이다.

"일단은 그렇습니다. 지금 하신 말이 정말이라면 천익에서 상황을 수습했단 의미이겠군요."

"제가 생각해도 그런 것 같습니다.

상황보고를 마치자 사람들은 제자리로 돌아갔다.

그사이 입을 다물고 지켜보던 유중환이 차준혁에게 근심 어린 목소리로 물었다.

"자네가 이렇게까지 다칠 줄은 몰랐군. 다수의 실력자라

도 상대한 건가?"

"한 명이었습니다."

"그런 사람이 천익에 있었나?"

유중환은 자신과 견줄 정도의 상대가 아니고서야 차준혁에게 상처 입힐 사람이 없다고 생각했다. 그런데 차준혁이 갈비뼈가 2개 골절을 당해서 왔을 때는 상당히 놀랄 수밖에 없었다.

"소위 말하는 천재더군요. 제가 사용하는 태무도를 보고 그대로 사용하기까지 했습니다."

"허어… 그 정도의 인재가 자네 말고 또 있었나?"

"있더군요. 그리고 그자와 생사를 걸고 싸울 수밖에 없었습니다."

"하지만 결과는 자네가 이긴 것이겠군. 너무 자책하지 말게나."

결과를 알고 있기라도 한 듯이 유중환은 차준혁의 어깨를 두드려주며 밖으로 나갔다.

차준혁은 부상 중임에도 신지연과 함께 모이라이 본사로 왔다. 그리고 사무실로 올라가지 않고 정보팀에 도착했다.

"준혁아! 너 어떻게 된 거야? 괜찮은 거냐?"

그 모습에 일을 하던 이지후가 자리를 박차고 일어나서 다가왔다.

"멀쩡해. 그리고 좀 비켜봐."

옆으로 지나친 차준혁은 그가 일어난 자리에 앉아 올 서치 프로그램을 실행시켰다.

[Keyword : 홍이명]

띠―! 띠―!

천익의 서버정보에서 검색이 시작되었다.

검색은 오래 걸리지 않았다. 얼마 걸리지 않아 화면에 홍이명의 사진과 함께 관련 사항들이 나열되었다.

"저 사람이 누군데요?"

사진을 본 신지연은 처음 보는 사람이기에 궁금했다.

"제가 천익에 잠입했을 때 파트너였어요."

"그런데 왜 검색을 해봐요?"

차준혁은 홍이명의 사진을 뚫어지게 보다가 이지후를 쳐다봤다.

"지후야. 미안한데 자리 좀 비워줘라."

"그래? 알았다."

그와 함께 몇몇의 직원들이 모두 밖으로 나갔다.

정보팀에는 차준혁과 신지연만이 남게 되었다.

"할 말이 있으세요?"

분위기가 엄숙해진 탓인지 그녀의 목소리가 조심스러워졌다. 곰곰이 생각하던 차준혁은 그런 신지연을 보면서 말했다.

"과거로 돌아오기 전에 저를 죽였던 사람이에요."

"준혁 씨를요? 혹시 본부에서 말했던 그 사람을 말하는 건가요?"

차준혁이 유중환과 대화를 나눴을 때 신지연도 옆에서 듣고 있었다. 그리고 회귀에 대해서는 그녀도 알고 있었다. 그녀에게만큼은 차준혁도 솔직하게 말할 수 있었다.

"악연인 건지 우연히 만나게 됐죠. 그리고 이번에는 제가 그를 죽였어요."

분명히 자신을 죽였던 사람이었고 그만큼 분노를 가지고 있었다. 차준혁은 그런 홍이명의 마지막 말들이 떠오르자 이상하게 씁쓸해졌다.

"복수였어요?"

"…그건 아니었어요."

차준혁은 홍이명이란 사실을 알았을 때 혼란스러웠다. 그럼에도 자신을 죽이려 했기에 먼저 그를 죽일 수밖에 없었다. 당연히 정신이 없던 통에 복수라는 생각조자 하지 못했다.

"이 사람 아버지는 천익의 홍주원 이사이고… 15살 때 입양되었네요."

옆에서 신지연이 홍이명의 신상정보를 보고 계속 읊었다. 그 뒤로는 뉴욕으로 유학을 가서 3년 전 쯤에 돌아온 것으로 되어 있었다.

"홍이명도 천익의 입양아 계획의 일부분이었을지도 모르죠."

"그게 사실이라면 정말 불쌍한 사람이었네요."

천익에게 입양된 것이라면 홍이명은 자신의 인생을 송두리째 빼앗기고 살아간 것이다. 그런 차준혁의 추측에 신지연은 오히려 슬픈 표정을 짓고 있었다.

"죽기 전에는 즐거웠다는 듯이 웃더라고요."

"그랬어요?"

차준혁은 마지막으로 보았던 홍이명의 미소를 조용히 떠올렸다.

네놈들에게는 사람이 물건이냐?

강원도 홍천군 골프클럽 멜로우.

평소라면 골프를 치러온 정재계 인사들로 북적거릴 그곳은 한적함을 보였다. 대신에 12대의 차량과 검은 정장차림의 사내들이 클럽하우스 주변을 지키고 있었다.

잠시 후 6대의 고급차량들이 클럽하우스 주차장으로 들어섰다. 그리고 비서로 보이는 이들이 차량의 문을 열어주자 나이가 지긋한 사람들이 내렸다.

6명의 사람들은 클럽하우스에서 나온 사내의 안내를 받아 안으로 들어갔다. 그들이 도착한 곳은 클럽하우스의 VIP룸이었다.

"잘 오셨습니다. 다들 오랜만에 뵙습니다."

안에는 천익의 김정구가 먼저 와 있었다. 김정구는 덤덤한 표정을 지으며 일어나서는 빈자리로 안내했다.

천근초위 수뇌부들의 정기모임자리였다.

국정원장 박승대, 월드세이프펀드 문진원, 대일신문 송해국, 국회의원인 변종권과 오준용. 마지막으로 미더스물산의 오평진까지 모두 모인 것이다.

"헌데… 오늘따라 보안이 삼엄하군요. 무슨 일이 있는 겁니까?"

대일신문의 송해국은 입구에서 검문 당했던 것이 불쾌했다. 그래도 모임의 안전을 위해서라 생각하고 참고 있다가 보안을 담당한 그에게 묻는 것이다.

"그 이유는 차차 설명을 드리겠습니다."

"다들 벌써부터 신경 곤두세우지 마시고 모임을 시작하도록 합니다."

월드세이프펀드의 문진원이 중재를 하며 앉았다.

엄숙해진 분위기 속에서 미더스물산의 오평진이 먼저 입을 열었다.

"요즘 국정원에서는 뭘 하고 있는 겁니까? 인터넷에서 빨갱이 녀석들이 판을 치는 판국을 지켜만 보는 것입니까?"

몹시 불만이 가득한 표정이었다. 이에 국정원장 박승대

도 할 말이 있는지 그를 날카롭게 쳐다보았다.

"요즘 세상이 그렇게 호락호락한 줄 아십니까? 그리고 오 회장께서도 적당히 하셨어야죠. 직원들을 그런 식으로 굴려먹으면 말이 안 나오겠냔 말입니다."

미더스물산에서는 전국에 유통체인점을 소유하고 있었다. 그런데 최근부터 블랙기업으로 이름이 오르면서 당사 직원들이나 동조하는 사람들이 늘어났다.

당연히 오평진으로서는 골치가 아플 수밖에 없었다.

"기업이 그렇게 돌아가야 당연한 거지요! 퍼줄 것만 다 퍼주면 우린 뭘 먹고 삽니까?"

"아무튼 그 일은 저희 대일신문에서 잘 마무리해드리지 않았습니까? 그리고 천익에서도 손을 써줬으니 잘 된 것이죠."

분위기가 험악해지자 이번에는 송해국이 그들을 만류했다. 그러면서 김정구도 앞으로 나섰다.

"오 회장님께서 그 일로 파업까지 당했으니 화를 내실만 하시죠. 그래도 고소 건은 검찰 쪽에서 잘 마무리해드리지 않았습니까."

천익에서는 20년 전부터 검찰로도 사람을 심어 놨다. 당연히 담당검사를 선임하는 부분이나 기소처리에 있어 압력을 넣을 수 있었다.

"하아… 아무튼 국정원은 요즘 아무것도 하는 것이 없어

보이니 신경이 쓰이는군요."

"저희가 왜 하는 것이 없습니까?"

사실 그 말도 틀리지 않았다. 노진현이 대통령에 취임하면서 국정원의 권한이 대폭 줄어들었기 때문이다. 이에 한민국당 대표 변종권이 말을 이었다.

"솔직히 국정원장 자리를 누구 덕분에 앉게 되었습니까? 12년 전의 그 일이 아니었다면 어림도 없지요."

"지금 말씀 다 하셨습니까?"

가라앉을 것 같았던 분위기가 더욱 안 좋아졌다.

"틀린 말도 아니지 않습니까. 우리가 아니었다면 박 원장이 지금 그 자리에 오를 수나 있었습니까?"

천근초위에서도 겨레회에 대해 알고 있었다. 그 때문에 흔적을 잡아 국정원에 잠입 중이던 겨레단 전원을 천익에서 숙청시켰다.

물론 당시 국정원장도 천근초위의 멤버였다. 하지만 이후에 큰 실수를 저질러 다른 멤버들에게 죽임을 당했다.

박승대는 그 이후에 국정원장으로 오른 것이다. 그걸 당사자도 잘 알기에 더 이상 입을 열지 못했다.

이에 월드세이프펀트 문진원이 조심스럽게 물었다.

"그보다 12년 전 이후로 녀석들은 움직이지 않는 것이 확실합니까?"

문진원은 그쪽으로 잘 관여를 하지 않아 상황에 대해 걱정스러워했다.

"녀석들의 뿌리는 알아내지 못했지만 그 사건 이후로 움직임이 보이지는 않았습니다."

그의 물음에는 김정구가 확신을 가지고 대답했다.

검찰 쪽으로 심어둔 사람들을 통해서 이상한 움직임을 발견할 수 없었기 때문이다.

"아무튼 서로 협력하기 위해 이 조직을 운영하는 것이니 싸우는 것도 적당히 하시죠."

다시 문진원의 중재가 이어지자 모두 서로를 날카롭게 쳐다봤다.

언제나 모이면 이런 식이었다. 그럼에도 친목모임을 가지는 이유는 천근초위라는 신념을 두고서 서로 호위호식하기 위해서였다.

"다른 사안은 없습니까? 그럼 여기까지만 하시죠."

송해국이 먼저 일어나자 뒤를 이어 오평진과 오준용도 몸을 일으켰다.

"하여간 성질머리 하고는……."

그 모습에 변종권이 투덜거리면서 쳐다봤다. 그러나 같은 한민국당인 오준용이 그를 보며 물었다.

"의원님께서는 안 가십니까?"

"난 따로 할 일이 있으니 오 의원 먼저 가시죠."

"알겠습니다. 그럼 나중에 뵙겠습니다."

하나둘씩 그렇게 나가자 VIP룸에는 김정구와 문진원, 변종권이 남았다. 잠시 고요해지는가 싶더니 김정구는 그들과 눈을 마주치며 말했다.

"며칠 전에 저희 마을에 침입자가 있었습니다."

동시에 두 사람은 표정이 굳어질 수밖에 없었다. 김정구가 말하는 마을에 대해서 잘 알고 있기 때문이다.

"침입자라니요?"

"우리의 계획에 문제가 생긴 겁니까?"

먼저 VIP룸을 나간 천근초위의 네 사람은 김태선을 대통령으로 만들려는 그들의 계획을 몰랐다. 그 계획은 오직 여기 있는 이들끼리만 알고 있었다.

"저희 경비대 46명이 침입자 1명에게 모두 죽었습니다. 마을의 위치가 발각된 이상 아이들을 옮기든지, 처리하든지 정해야 할 것 같습니다."

마을에 대해 알고 있던 이들은 얼마나 심각한 일인지 직감할 수 있었다.

"어떻게 하실 생각입니까?"

"너무 심각하게 받아들이지 않으셔도 됩니다. 물론 들킨다면 세간이 살짝 시끄러워지겠지만 말입니다."

아이들은 어차피 고아였기에 먹여주고 재워준 사람들을 나무라지 않을 것이다. 거기다 위장입양은 서류적인 문제로 처벌만 받으면 그만이었다.

정작 고아인 아이들을 나쁜 일에 쓴 증거가 없으니 문제
될 것이 없었다.

"알아보는 중입니다. 하지만 이놈의 땅덩어리가 좁으니
마땅한 장소가 없군요."

"이참에 아이들을 해외로 옮기심이 어떻습니까? 눈에
띄지 않는 나라로 보내면 문제도 없지 않습니까. 저희 쪽
에서도 관리를 도와드리죠."

문진원의 제안도 괜찮았다. 다만 김정구는 걱정이 많아
아이들을 곁에 둔 것이다. 그러니 너무 멀리 떨어져 있으
면 관리도 힘들어져서 살짝 고민이 되었다.

"그렇다면 월드세이프에서 운송에도 도움을 주시려는
것입니까?"

얼마 전부터 김정구도 현재 비밀마을의 크기로 아이들을
감당하기가 힘들다고 생각하던 중이었다. 그리고 여차저
차 문제가 생겼으니 슬슬 옮길 타이밍이 만들어졌다.

"당연하죠. 물론 300명이 넘는 아이들을 옮기려면 밀항
뿐일 겁니다. 다행히도 저희와 거래하는 수출기업이 있습
니다. 거길 통해서 부산에서 블라디보스토크까지 운반한
뒤에 빼돌리면 됩니다."

"러시아로 옮기자는 말씀이십니까? 그곳에 아이들을 수
용할 부지나 시설이 저희한테 없지 않습니까?"

"데르수라는 지역이 있습니다. 최근에 공장건설을 위해

서 그 부지를 매입해두었죠. 물론 저희가 부지를 무엇에
쓰든 러시아정부에서 간섭하지 않도록 만들어뒀습니다."

국외로 러시아라면 대한민국과 가까웠다. 거기다 뒤처
리까지 해놓았으니 문제도 없을 것 같았다. 김정구도 마음
에 드는 제안이라 생각하고 고개를 끄덕여 보였다.

"결국 시설은 새로 지어야겠군요."

"자금이야 충분하니 오래 걸리지는 않을 겁니다."

천익의 비밀자금은 월드세이프펀드를 통해서 세탁되었다.
당연히 문진원도 잘 알기에 자금운용을 그에게 맡겨뒀다.

"아이들을 그쪽으로 보내도록 하죠. 밀항하는 데 기간은
얼마나 걸릴 것 같습니까?"

"넉넉잡아 한 달이면 될 겁니다. 그때까지 아이들은 부
산 인근에 임시거처를 마련해서 옮겨놓으시죠."

아이들은 아직까지 마을 대피소에서 나오지 못했다. 갑
작스런 침입자로 인해서 상황이 어찌 될지 모르니 대기시
켜놓은 중이었다.

"그러도록 하죠."

김정구가 말을 끝내자 조용히 있던 변종권이 나섰다.

"헌데 침입자의 정체는 알아낸 것입니까?"

"아직입니다. 문제가 되지 않도록 마무리는 하였고, 그
나마 흔적을 찾아 추적 중입니다."

"도와드릴 일은 있으신지요."

이번 계획은 세 사람이 반드시 지켜야 할 극비였다. 당연히 어떤 문제도 생기지 말아야 하기에 변종권도 적극적이었다.

"변 의원께서는 김태선 의원을 대통령으로 만드는 데만 집중해 주시죠. 그 외에는 우리가 전부 알아서 하겠습니다."

세 사람의 은밀한 계획은 그렇게 일단락되었다.

차준혁은 갈비뼈 골절부상으로 업무를 자제하며 집에서 안정을 취했다.

"후우… 왜 이리 답답하지."

자신의 방 침대에 앉아 있던 차준혁은 지루함을 느끼면서 창밖으로 시선이 옮겨졌다. 오랜만에 취하는 휴식이라서 그런지 묘하게 정신이 산만했다.

"역시 이대로는 안 되겠어."

결국 차준혁은 침대에서 일어나 책상으로 향했다. 그리고 컴퓨터를 켜는데 화면 위로 글자가 떠올랐다.

[업무 금지! 캬캬캬캬캬.]

"…지후. 이 자식이."

이미 이지후가 해킹을 해놨는지 컴퓨터는 OS에 접속하지 못하고 그 화면만 지속되었다.

"휴… 지연 씨가 부탁해놓은 거겠지."

이내 차준혁은 방에서 나와 계단으로 내려갔다. 거실로 들어서자 소파에 앉아 있던 어머니가 보였다.

"뭐 하고 계세요?"

"TV 보고 있었지. 너는 몸도 불편할 텐데 왜 내려왔어? 필요한 거 있니?"

가족들에게 차준혁의 부상은 가벼운 교통사고로 설명해놨다. 물론 방송사 쪽에서는 모르도록 만들었다.

"아니요. 집에만 있기 답답해서요. 그런데 아버지는 어디 가셨나봐요?"

"이번 주는 주말 야간근무시잖니."

차준혁은 그 말을 들으며 소파에 걸터앉았다.

띵동!

그때 벨소리가 울리자 어머니가 먼저 일어나 문을 열어주었다.

"안녕하세요. 어머니! 저 왔어요! 늦어서 죄송해요."

연락도 없이 방문한 사람은 신지연이었다. 밤이 깊어가는 시간이었지만 다들 놀라지 않았다.

"매일같이 찾아오고 힘들지 않니?"

어머니의 말처럼 오늘뿐만이 아니었다. 차준혁이 집에

서 휴식을 취하기 시작하면서 계속 들렸다.

"힘들긴요. 그리고 제가 하는 일이 준혁 씨를 옆에서 보좌하는 거잖아요."

신지연은 그렇게 말하면서 차준혁에게 서류를 내밀어보였다. 모이라이에서 중요하게 결제할 서류만 추려서 가져온 것이다.

"고마워요."

"하여간 집에서도 일이라니."

그 모습에 어머니는 한숨을 내뱉었다.

"준혁 씨의 유일한 보람이잖아요."

어느새 차준혁은 서류에 집중하고 있었다. 물론 어머니와 신지연의 목소리가 들렸지만 거기에 대답을 하면 잔소리가 나올 것 같았다. 그래서 차준혁은 앞에 놓인 물만 연신 들이켰다.

"그보다 준혁이랑 지연이는 언제 결혼하니?"

"푸우우—!"

갑자기 치고 들어온 어머니의 물음에 차준혁은 보고 있던 서류에 물을 내뿜었다.

"뭘 그렇게 놀라니? 둘이서 결혼 안 해? 다른 사람이랑 할 거야?"

"어머니. 아직 그런 이야기는……."

차준혁은 신지연에게 고백하기까지도 상당히 오래 걸렸

다. 그 때문에 결혼까지는 아직 많이 남았다고 생각했다.

"그러다 준희한테 추월당한다."

"예? 그게 무슨 말이에요?"

깜짝 놀란 차준혁은 서류로 뿜었던 물을 닦아내면서 물었다.

"몰랐니? 요즘 준희는 연애하는 것 같던데. 나중에 인사하러 온다고도 하더라."

"준희가 연애를요?"

차준혁은 집에서 쉬면서 차준희의 얼굴을 자주 못 봤다. 요즘 들어 아침 일찍 나가 밤늦게 들어오기 일쑤였다. 그 때부터 묘하기 피하는 느낌이 들었다.

"왜 그리 심하게 놀라요? 준희 나이면 애인정도는 있어도 되잖아요. 그리고 준희 외모면 남자가 없는 것이 이상하죠."

"그렇게 인기가 많아요?"

"몰랐니? 얼마 전에도 무슨 기획사에서 전화가 왔다고 하던데."

차준희는 명천대학교 경제학과 수석이었다. 거기다 외모까지 엄청난 미인이라 수많은 남자들에게 선망의 대상으로 떠올랐다. 어머니는 그런 딸의 인기를 자랑스러워했다.

"아……."

"오빠로서 걱정되나 봐요?"

살짝 난감해한 차준혁의 모습에 신지연은 즐겁다는 듯이

웃으며 물었다.

"꼭 그렇지만은 않은데. 어머니는 준희가 일찍 시집가길 바라세요?"

남편과 아들이 워낙 무뚝뚝하다보니 어머니의 유일한 즐거움은 차준희밖에 없었다. 당연히 차준희가 일찍 결혼을 하면 출가외인이 되는 것이라 차준혁은 그 부분이 걱정되었다.

"너야 이렇게 대성했고 준희도 알아서 잘하잖니. 우리야 빨리 너희 남매 결혼시키고 쉬어야지. 그리고 둘이 결혼하면 너희들과는 따로 살 거다."

어머니는 오히려 속 시원할 것 같다는 듯이 말했다.

이에 신지연이 놀라면서 그런 어머니의 팔을 끌어다 안았다.

"그런 말씀 마세요! 제가 준혁 씨랑 결혼하면 같이 사셔야죠."

"난 며느리 시집살이 시키고 싶지 않다."

"준혁 씨랑 결혼해도 매일 일만 할 텐데요."

"……."

차준혁은 자신을 앞에 두고 뭔가 진행되는 말이 오가자 아무런 대답도 하지 못했다.

"하긴 며느리도 내 꼴 나게 할 수는 없지. 그럼 다시 이야기 해봐야겠다."

"어머니가 생각하셔도 그렇죠?"

차준혁은 더 이상 그녀들의 대화에 끼지 못하고 남은 서류들만 열심히 살폈다.

우우웅! 우우웅!

"잠시만요. 어머니."

어머니와 대화를 나누던 신지연은 핸드폰을 받아들면서 일어났다. 그런데 표정이 급격히 안 좋아지더니 차준혁에게 핸드폰을 내밀었다.

"저한테 온 전화예요?"

"받아보시면 알아요."

전화를 받아들자 차준혁은 수화기 너머로 주상원의 목소리를 들을 수 있었다.

─핸드폰을 안 받으시기에 어쩔 수 없이 신 비서에게 연락했습니다.

"무슨 일이십니까?"

─김정구의 비밀부지 동태가 이상합니다. 전화로 말씀드리기는 곤란하니 지금 바로 지부로 와주실 수 있으십니까?

"알겠습니다. 바로 가도록 하겠습니다."

통화를 끝낸 차준혁은 핸드폰을 신지연에게 돌려주고 2층으로 올라갔다. 그리고 옷부터 재빨리 갈아입은 후에 다시 밑으로 내려왔다.

"어디 나가니?"

심각해 보인 상황에 어머니가 걱정하며 물었다.

"회사에 중요한 일이 생겨서요. 무리하지 않을 거니까. 너무 걱정 마세요."

"저도 같이 가요! 어머니! 또 올게요!"

신지연도 밖으로 나가는 차준혁을 따라나섰다.

차준혁과 신지연은 1시간 정도 걸려 IIS서울지부에 도착할 수 있었다. 지부의 분위기는 주상원의 표정처럼 심각해진 상태였다.

"어떤 문제가 생긴 겁니까?"

안으로 들어선 차준혁의 물음에 화면을 지켜보던 주상원이 고개를 돌리며 말했다.

"최근 들어 부지로 출입하는 차량들이 대폭 늘었습니다. 일단 올 서치 프로그램을 도로 CCTV로 연동시켜 차량들의 움직임을 추적해놓기는 했습니다."

설명을 마친 주상원은 담당요원을 시켜 화면으로 상황에 대해 표시해주었다. 화면에는 태백 비밀부지에서 출발한 차량에 대한 흔적들이 지도로 펼쳐졌다. 일주일동안 출입한 차량만 매일 10대씩 해서 총 70대나 되었다.

"대형유통 차량에 관광버스까지 들어갔습니까?"

차준혁은 요원에게 키보드를 넘겨받아 지도화면 옆으로 부지입구의 출입CCTV를 띄웠다. 그리고 뭔가 이상함을 느끼며 차량출입이 잦아진 일주일치의 CCTV들을 벽면 화면으로 분산시켰다.

"지금부터 아무도 말을 걸지 말아주세요. 그리고 몸이 약하신 분들은 이곳에서 나가 계세요."

영문을 모르던 사람들은 그런 차준혁을 보고 고개만 갸웃거렸다. 그러나 신지연은 차준혁이 무얼 하려는지 알고 주상원에게 조심스럽게 다가가 말했다.

"대표님 말씀대로 해주세요. 그렇지 않으면 정말 큰일이 날 거예요."

"그러지."

주상원은 사람을 골라내기 힘들다고 판단하고 자신과 신지연만 놔둔 채 모두 내보냈다.

그 뒤에 차준혁은 CCTV의 재생속도를 3배까지 높였다. 동시에 전신에서 살기가 솟구치며 시력이 몇 배나 증폭되었다. 급격히 변한 분위기에 주상원은 깜짝 놀랐다.

"어, 어떻게 이런……."

"대표님께서는 이제부터 모든 CCTV를 빠르게 확인하실 거예요."

"그게 가능한 것인가? 아…! 그리고 보니!"

예전에 주상원은 배진수를 통해서 지금과 비슷한 것을 봤다고 들었다. 그때는 천익에게 납치되었던 정대원과 그의 동료들을 찾기 위해서였다. 솔직히 믿지 못했던 주상원이기에 지금 상황을 보고 더욱 놀랄 수밖에 없었다.

그사이 차준혁은 화면들을 시야 전체에 담았다. 비밀부지를 출입하거나 인근을 지나가는 모든 차량들을 확인하는 중이었다.

순식간에 1시간 정도가 지났다. 무거워졌던 IIS정보실 분위기가 차츰 가벼워지면서 주상원과 신지연은 표정을 풀 수 있었다.

"후우……."

"다 확인하신 거예요?"

그 모습에 신지연이 생수뚜껑을 따서 넘겨주었다.

"고마워요. 그리고 국장님. 확인은 모두 마쳤습니다. 출입하는 차량 외에도 수상한 차량들이 더 있는 것으로 보입니다."

"정말입니까?"

주상원의 되물음에 차준혁은 키보드를 두드렸다.

이에 수많은 차량의 모습들이 필터로 걸러지며 하나씩 정해졌다.

"차량의 종류가 다양하네요. 출입하던 GHE상회의 납품 차량의 수와 종류가 늘어났고, 인근으로는 경차부터 시작해 승용차, 승합차, 미니버스, 대형버스까지 있습니다."

"부지로 출입한 차량종류가 늘어난 것은 분명히 이상한 일입니다. 그런데 주변도로를 지나간 차량은 뭡니까?"

상황을 이해하지 못한 주상원은 계속해서 되물었다.

"여길 보시죠."

삐삑—!

차준혁은 올 서치 프로그램과 연동시킨 지도를 화면으로 올렸다. 그리고 방금 전에 확인한 차량들의 넘버를 입력하여 추적시스템을 가동시켰다.

연산이 시작된 프로그램은 CCTV의 차량번호를 추적하여 지도로 보여주었다. 입력된 차량 중 90%가 특정 지점에서부터 추적이 되지 않았다.

[경상남도 양산시 상북면 소토리 효충교]

"이곳에서 차량들의 흔적이 끊겼습니다. 그 많은 차량의 목적지가 한 곳으로 갈 일이 있을까요?"

90%범위에는 비밀부지로 출입한 차량을 제외한 것이다. 거기다 일자도 다른 차량이 있었기에 이상해 보일 수밖에 없었다. 주상원은 그런 결과를 보고 더욱 놀랐다.

"저 위치는……?"

"맞습니다. IIS에서 추적한 부지를 출입한 차량들의 최종흔적과 일치하죠. 일단 저들이 무엇 때문에 저런 것인지 확인부터 해봐야 합니다."

사실 차준혁은 차량의 CCTV화면으로 중간에 하중이 증가한 것을 파악했다. 그것만 봐도 짐작되는 게 있었다.

'아이들을 어디론가 이동시키고 있는 거야.'

하지만 IIS에서는 아직 확실한 신뢰를 하고 있지 않았다. 그보다 더 큰 음모가 있을 것이라고 여겼다.

"어떤 식으로 확인합니까?"

"혹시 문제를 일으켜도 내부의 신분이 드러나지 않을 만한 사람을 구할 수 있을까요? 특히 연기를 잘하는 쪽으로 말입니다."

뜬금없어 보이는 차준혁의 물음에 주상원은 고개를 갸웃거리며 되물었다.

"문제라면 어떤 문제 말입니까?"

"예를 들면 교통사고라든지 말입니다. 최대한 의심받지 않을 만한 사람으로요."

부우웅!

밤이 깊어가는 시각이었다. 미니버스 1대가 태백의 비밀마을을 벗어나 남쪽으로 향했다. 안에는 20명의 초등학생 또래 아이들과 경비대장 서병민을 포함한 경비대원 5명이 탑승해 있었다.

잠시 후에 버스 앞뒤로 평범한 승용차들이 따라붙었다. 혹시 모를 교통사고에 대비한 호위 차량이다. 물론 운전자들은 표면적으로 아무런 문제가 없는 사람들이었다.

"이대로만 간다면 문제가 없겠지."

"소요시간은 대략 4시간 예상됩니다."

"그사이에 아이들이 깨지는 않겠지."

서병민의 시선이 좌석으로 향했다. 아이들은 모두 약을 먹고 곤히 잠든 상태였다. 아직 교육이 덜 된 어린아이들이다. 괜히 소동을 일으킬까봐 천익에서 약으로 잠을 재운 것이다. 미니버스는 그렇게 목적지를 향해 달리다 고속도로에 들어섰다. 그때까지 미행이 없다는 것을 확인한 경비대원들은 여전히 긴장을 풀지 않고 있었다.

이후에 한참을 아무런 문제없이 달렸다.

끼이이익! 쿵—!

경부고속도로 양산IC에서 빠지려는데 갑자기 미니버스 옆에서 충격이 전해졌다.

왼쪽 끝 차선에서 가던 차량이 IC로 빠지기 위해 끼어들려 했던 것이다. 그로 인해 3차선을 한 번에 넘었고 속도를 가감하지 못해 미니버스의 옆구리를 박아버렸다.

다행히 밤중이라 한적한 도로였고 IC로 빠지던 중 속도를 줄여 크게 부딪치지는 않았다. 하지만 IC로 빠지는 길이 미니버스와 그 승용차로 인해서 완전히 막혀버리고 말았다.

서병민은 대원들과 함께 아이들의 안전부터 확인했다. 아이들은 그 충격에도 깨지 않고 잠들어 있었다. 동시에

바깥 상황을 확인한 서병민의 미간이 일그러졌다.

쿵! 쿵! 쿵!

미니버스를 측면에서 박은 승용차의 주인인 여자가 걸어
나와 버스 문을 두드렸기 때문이다.

그녀는 허세가 가득한 호피무늬 차림으로 밤중에 선글라
스까지 낀 아주머니였다. 뒷목을 부여잡은 채 가까이 다가
오더니 소리를 질러댔다.

"운전을 누가 그딴 식으로 해!"

괄괄한 그녀의 목소리가 버스 안으로 쩌렁쩌렁 울렸다.
동시에 아이들과 같이 타고 있던 경비대원들은 무의식적
으로 서로에게 시선을 주고받았다.

그러던 대원들은 서병민을 쳐다보며 기다렸다.

"쉿! 조용히 해결해볼 테니 대기하도록."

서병민은 그렇게 말하고 부하에게 버스 문을 열게 만들
었다. 물론 굳어졌던 표정도 풀고 밖으로 나가 얼굴을 내
밀었다.

"어이쿠! 죄송합니다. 저희가 잠든 아이들을 태우고 있
어서 IC로 빨리 빠지질 못했습니다."

누구봐도 3차선을 한 번에 넘다가 측면에서 박은 승용차
의 잘못이었다. 그럼에도 서병민은 문제가 커지지 않도록
먼저 사과부터 하며 고개를 숙였다.

"그거야 그쪽 사정이지! 누가 애들 데리고 이런 늦은 시

간까지 돌아다니래!"

"수리비용은 제가 전부 처리하겠습니다. 그러니 여기까지만 하시죠."

"무슨 소리! 이래놓고서 토끼려는 거 아니야? 보험사 불러! 보험사! 여기서 잘잘못을 따져 놓자고!"

그사이 전후방 차량에 타고 있던 천익의 요원들이 얼굴을 내밀었다. 사태가 수습되지 못하면 자신들이 나설 생각 같았다. 적반하장인 아주머니는 그동안 자신이 기세를 잡았다고 생각하는지 서병민을 더욱 밀어붙였다.

"왜 보험사를 안 불러! 오호라! 뭐 찔리는 구석이 있나보구나! 당장 불러!"

아주머니는 즉시 핸드폰을 꺼냈다. 그러자 신병민은 급히 다가가 그녀의 손을 붙잡았다. 보험사가 오면 경찰까지 딸려오게 된다.

그렇게 되면 지금 버스에 있는 신원도 확인할 수 없는 아이들이 문제가 되었다. 겉에는 XX고아원이라고 써 붙여 놓고 실제 해당고아원에는 속해 있지 않으니 말이다.

"비용이 얼마면 됩니까? 얼마든지 지금 바로 처리해드리죠."

난처해진 서병민은 당장이라도 돈을 송금해줄 듯이 말하며 아주머니를 말렸다.

"뭐? 웃기고 자빠졌네! 진단서를 떼 봐야 알 것 아니야!

난 여기서 인정 못하니까! 당장 보험사부터 부르라고!"

빵—! 빵빵—!

그들이 서 있던 도로는 IC출구였다. 도로가 완전히 막히자 뒤에 선 차들이 클랙슨을 정신없이 울려댔다.

"그게……."

일이 제대로 꼬였다고 생각한 서병민은 더욱 당혹스러웠다. 그러면서 버스 안으로 고개를 돌리자 다른 경비대가 내려왔다. 사내는 서병민에게 다가가 귓속말을 했다.

"IC출구 앞쪽에서도 사고가 벌어진 것 같습니다. 이대로는 빠져나가기도 힘듭니다."

그들이 속닥거리는 사이 뒤쪽으로 줄지어 있던 차량 중 몇 대에서 사내들이 내렸다. 상황이 풀리지 않자 직접 확인하기 위해 나온 것이다.

"대체 뭔데 차도 안 빼고 이러는 겁니까?"

"뭐요?"

사내 중 하나가 짜증을 부리자 아주머니는 어이가 없어 하며 그를 노려봤다.

"아까 보니까 아줌마가 옆에서 3차선이나 한 번에 넘어서 치고 들어갔잖아요! 그럼 먼저 사과를 하고 보험 처리해줘야 하는 것 아닙니까?"

"나 참 어이가 없어서…! 내가 뭘 잘못했는데! 출구를 지나칠 뻔해서 옆으로 튼 게 뭐가 잘못이야!"

아주머니는 손으로 부채질을 하며 서병민을 지원해준 사내와 말다툼을 벌였다.

"잘못이 없어? 입은 삐뚤어졌어도 말을 바르게 해야지. 아줌마가 치고 들어간 거 나만 본 줄 알아!"

사내도 짜증이 치솟으며 그나마 지키고 있던 존댓말까지 토막을 냈다.

"당신이 무슨 상관인데 끼어들어! 이 사람이 자기가 잘못했다고 하잖아!"

"사람이 좋아 보이면 호구로 보는 거야! 뭐야! 아저씨! 그냥 경찰에 신고해 버려요! 이런 아줌마는 콩밥 좀 먹어봐야 정신을 차리니까요!"

그 상황을 지켜보던 서병민은 사내의 지원사격에 의해 더욱 난처한 상황이 되었다. 보험사도 아니고 바로 경찰을 부르게 되었으니 일이 꼬여도 너무 꼬인 것이다.

"저는 괜찮습니다. 그냥 원만하게 처리만 하면 될 뿐입니다."

"아저씨. 사람이 너무 좋아도 못 써요. 그러니 저런 아줌마가 우습게 보죠! 신고는 제가 할 테니 아저씨는 그냥 있어요. 쓸데없이 상대해주지 말고요."

무슨 정의감 넘치는 행동인지 사내는 핸드폰을 꺼내들더니 경찰에게 연락을 넣었다. 그사이에도 고속도로에서 빠져나가려던 차량들의 줄은 점점 길어져가고만 있었다.

"진짜 괜찮습니다! 그보다 차부터 좀 아래로 빼는 것이 어떻습니까. 우리 때문에 다른 차들도 못 가고 있는 것 같습니다."

서병민은 일단 차부터 빼려 했다. 그 정도면 지원사격 해주던 사내도 충분히 이해해줄 것이라고 여겼다. 물론 차만 빠지면 국도로 도망칠 생각이었다.

"이 아저씨가! 난 못 빼! 그래! 경찰 불러봐! 불러 보라고!"

이번에는 아주머니가 악다구니를 쓰며 바닥에 드러누웠다. 다들 진정한 진상을 보는 것만 같았다.

"어라? 여기 아이들도 타고 있네!"

그때 지원해주던 사내와 같이 다가왔던 한 사람이 미니버스의 커튼 틈을 보고 외쳤다.

"뭐야? 이 아줌마 애들 타고 있는 버스를 들이받았어? 진짜 미치고 팔짝 뛰겠네!"

정의로운 사내는 핸드폰을 다시 들어 서병민이 말릴 새도 없이 112를 눌렀다. 통화는 오래 걸리지 않았다.

"아줌마! 딱 그대로 있어! 지금 경찰 불렀으니까. 제대로 누가 잘못했는지 잘했는지 따져보자고!"

"누가 쫄 줄 알고!"

더욱 상황이 난처해지는 가운데 서병민은 탈출로를 확인하고 있었다.

"저기요. 버스 옆이 심각하게 찌그러졌는데요. 애들은

괜찮은 건가요?"

몇몇 사람들이 그런 서병민에게 물음을 던졌다. 사람들의 이목이 더욱 집중되고 있었다. 조금 있으면 경찰까지 올 것이다. 이래도 있으면 아이들의 존재가 까발려질지도 몰랐다.

서병민은 안에 타고 있던 부하들에게 눈짓을 주었다.

동시에 버스 문이 열리자 나와 있던 경비대원들이 모두 올라탔다. 차는 틈이 있던 차들 사이로 후진하더니 그대로 고속도로를 다시 타고 달렸다.

"어! 저기요!"

"야! 이 자식아! 거기 안 서!"

사내와 아주머니가 그런 버스를 보고 소리쳤다. 너무 황당한 상황이었지만 이미 점점 멀어지는 버스를 잡을 수가 없었다. 잠시 후 경찰이 도착했다.

"이거 미치겠네!"

국도도 아니고 고속도로에서 난장을 피웠으니 경찰도 난감할 따름이었다. 거기다 IC출구 앞쪽에서도 사고가 난 탓에 경찰들은 정리가 쉽지 않았다.

어느새 사고를 냈던 아주머니도 후진하여 고속도로를 타고 사라진 상태였다.

"누구 그 사람들에 대해 아는 것 없습니까?"

"제가 그 아줌마랑 미니버스 차번호를 압니다!"

정의로운 사내가 그런 경찰의 물음에 성심성의껏 대답을
해줬다.

물론 피해자가 사라져 처벌은 힘들었지만 고속도로의 흐
름을 방해한 것도 죄가 되었다. 경찰은 교통사고를 떠나
골치 아픈 일을 만든 것에 대해 둘 다 처벌하기 위해서 알
아본 것이다.

증언을 마친 정의로운 사내는 갓길로 옮겨둔 자신의 차
로 올라탔다. 그리고 주변을 한 번 훑더니 핸드폰으로 어
디론가 전화를 걸었다.

"서동훈입니다. 버스에 아이들이 타고 있었습니다. 그리
고 인상이 좋지 못한 사내 5명이 동행입니다."

—정말 아이들이 타고 있었나?

맞은편에서는 IIS의 무술부사범이자 현장요원 관리부장
인 김도성의 심각해진 목소리가 흘러나왔다.

"확실합니다. 차량에 충격이 심하게 갔을 텐데도 일어나
지 않았던 것을 보아 약으로 재워둔 것이라 판단됩니다."

아까 전 사고현장으로 다가갔던 사내들 모두 IIS요원이
었다. 물론 표면적으로는 일반인 신분을 가지고 있었다.
작전을 위해 평범하고 정의로운 사람인 척 사고수습을 도
와주며 서병민에게 접근했던 것이다.

—그럼 추적기 설치는 확실히 했나?

"문제없습니다."

사람들이 실랑이를 벌이는 사이 다른 한 사내가 미니버스 뒤쪽에 GPS추적 장치를 설치할 수 있었다.

이유는 CCTV로 차량들의 이동이 일정지점에서 사라졌기 때문이다. 그런 상황에서 차량들의 목적지를 알아내기 위해서는 추적 장치가 가장 필수였다.

몇 시간 후에 김정구는 탐탁지 않은 보고를 받았다.

"아이들을 운반하던 중에 문제가 생겨?"

"IC출구로 빠져나가다가 측면에서 추돌이 있었다고 합니다. 일이 커질 뻔했지만 서병민 대장의 지휘와 지원차량의 도움으로 무사히 고속도로에서 탈출했다고 합니다."

"다른 문제는 없었나?"

이에 김정구는 찜찜한 표정을 지으며 확신을 위해 그에게 되물었다.

"어차피 차량은 위조번호로 만든 것이라 절대 추적당하지 않을 겁니다. 그리고 아이들의 임시거처도 CCTV가 설치되지 않은 구역이라 들킬 염려는 절대 없습니다."

자신이 있던 나도명은 준비한 사항들을 줄줄이 읊어댔다. 그 덕분인지 김정구의 표정도 방금 전보다 살짝 풀리는 듯싶었다. 하지만 마을이 발각되었으니 조심할 필요가 있었다.

"교통사고가 났을 때에 수상한 사람은 없었나?"

"사고 낸 여성은 김말자라는 여성으로 평소에도 운전을

험하게 하는지 범칙금이 많았습니다. 그리고 교통사로를 도와주려 했던 사내가 있었는데. 그도 딱히 문제가 없었습니다. 최종적으로 둘 다 인근에 다른 지역이 본적으로 되어 있었습니다.”

근처가 두 사람의 고향이라는 의미였다. 아예 다른 지역 사람이라면 이상하게 여길 수도 있겠지만, 근처라면 순수한 사고라고 생각할 수 있었다.

“그럼 그 문제는 넘어가지. 앞으로 얼마나 남았나?”

“140명 정도 남았습니다. 문진원 대표가 준비해주기 전까지는 문제가 없을 것입니다.”

“좋아. 그럼 저번에 의뢰했다는 약품! 그건 어찌 되었나!”

이번 질문에는 나도명의 표정이 좋지 못했다. 누가봐도 결과가 좋지 못하다는 것을 알 수 있었다.

“약품에 특수한 성분처리가 되어 있었는지 전부 산화되어 알아낼 수 없었다고 합니다.”

“결국 어떤 녀석들인지 알아내지도 못한단 말인가!”

김정구는 가라앉았던 흥분이 치솟으며 이마에 핏대가 폭발할 것만 같았다.

“어떻게든 찾아내라! 어떤 놈인지. 어디에 사는 놈인지. 뿌리 채 뽑아서 반드시 내 앞에 갖다 놔!”

IIS서울지부로 온 주상원은 방금 전 요원들의 보고를 받고 심각해져 있었다.

"정말 아이들이었다니……."

천익의 부지에 정말 아이들이 있었다는 의미였기 때문이다. 그의 옆에는 차준혁도 같이 있었다.

"혹시나 했던 예상이 들어맞았네요."

"그럼 지금까지 천익의 부지를 들락거렸던 차량 대부분이 저런 식으로 아이들을 실어 나르는 역할이었겠군요."

아이들에 대한 증거는 차준혁의 증언이었던 발자국이 전부였다. 그런데 천익의 요원들이 잠든 아이들을 옮기고 있었으니 어떤 경우보다 확실했다.

"지금까지의 정황대로라면 분명할 겁니다."

그사이 중앙에 뜬 화면에서 빨간 점이 움직였다. 목격자로 위장한 IIS요원들이 미니버스에 붙여놓은 GPS추적기의 신호였다.

"아이들의 수가 얼마나 될까요?"

"일단 미니버스만 봐도 20명입니다. 부지를 드나든 차량의 수만 봐도 100명은 넘겠죠. 거기다 GHE상회에서 납품했던 물건의 양만 본다면 300명은 넘을 것이라 예상됩니다."

차준혁의 설명에 주상원은 깜짝 놀랐다. 그러다 고심에

잠길 수밖에 없었다.

"흐음……."

잠시 후 계속해서 움직이던 화면의 빨간색 점이 한 지점에서 멈춰 섰다.

삐—! 삐—! 삐—!

그 움직임은 30분 정도 지속되다가 다시 움직였다.

"저기가 아이들을 숨겨놓은 곳인가 봅니다."

"차 대표께서 생각하실 때는 어떻게 움직이면 좋겠습니까? 정말 아이들이 그만큼 많다면 탈출시키기도 힘들 것입니다."

아직 아이들이 모여진 위치가 전부라는 확신도 없었다. 천익에서 조심스러운 만큼 IIS에서도 심혈을 기울어야 했다.

"상황부터 파악을 해봐야죠. 그리고 천익에서 궁지에 몰릴 상황까지 예상하지 않았을 리가 없습니다. 문제가 생긴다면 곧바로 증거를 인멸하려고 할 것입니다."

"일단 요원들을 보내 상황부터 파악하겠습니다."

차준혁은 그의 대답을 들으며 빨간색 점이 머물던 지역을 뚫어지게 쳐다봤다.

'왜 저기지? 아이들을 어디로 옮기려는 걸까? 설마… 해외로?'

빨간색 점이 머문 지역은 부산 위쪽의 양산시였다. 천익에서 아무런 이유도 없이 아이들의 위치를 번거롭게 옮길 리가 없었다. 당연히 마땅한 자리를 봐놨을 것이고, 준비가 되었으니 옮기려는 것이 분명했다.

하지만 국내에서는 천익의 자금이 움직인 흔적을 발견하지 못했다. 그렇다면 천근초위의 다른 멤버가 그 준비를 맡았다는 의미였다.

'만약 해외로 옮기려는 것이라면 분명 부산항을 이용하겠지. 거기에는 미더스물산도 있으니까.'

천근초위 중에 한 명인 미더스물산이라면 수출로 위장하여 아이들을 충분히 밀항시킬 수도 있었다.

"주 국장님. 부산항에서 해외로 수출을 내보내는 기업들을 조사해 봐야 할 것 같습니다. 특히 미더스물산을 말입니다."

"거긴 왜 말입니까?"

"아마도 천익에서 아이들을 해외로 내보내려는 것 같습니다."

차준혁은 그런 대답과 함께 방금 전에 생각했던 것을 설명해주었다. 그러자 주상원은 더욱 놀란 표정으로 차준혁을 쳐다봤다.

"바로 조사하도록 하죠."

"우리가 그 전에 아이들을 구할 수 있다면 문제가 없을 겁니다. 하지만 이번 기회에 천근초위의 흔적까지 같이 잡

아낸다면 더할 나위가 없겠죠."

현재까지 차준혁과 IIS에서 찾아낸 천근초위의 증거는 기록뿐이었다. 그걸 증명할 증거는 많지 않았기에 하나라도 더 찾아내야 했다.

"그런데 천익의 비밀 부지는 어떻게 할까요?"

"이제 그곳은 쓸모없어진 땅입니다."

비밀부지는 아이들이 옮겨졌기에 소용없어졌다. 물론 하람고아원도 마찬가지였다.

앞으로 입양 시스템에 모이라이의 은가람 복지재단도 간섭할 것이다. 그렇게 되면 천익의 위장입양도 더 이상 불가능하게 된다.

"하긴 그렇겠군요."

"일단 천익의 무장경비대가 문제입니다. 거기다 국내에 총기를 들여온 경로도 파악해야 합니다."

아이들을 모아놓은 곳으로 추정되는 지역에 무장경비대가 배치되었을 확률이 높았다. 그래서 IIS에서도 상황조사를 할 때 조심할 필요가 있었다.

"하긴 위험성이 크겠죠."

현재 천익의 무장상태는 군대와 동급이었다. 경비대만이 아니라 천익본사의 경호원들까지 그 정도의 무장이 가능하다면 이미 테러조직과 다름이 없었다.

"검찰과 경찰 쪽을 움직여 알아보겠습니다. 하지만 차

대표께서 거대조직들을 대부분 괴멸시킨 상태라서 쉽지는 않을 겁니다."

그의 말처럼 차준혁은 본래 전국구 폭력조직이던 천성파를 비롯해서 천익의 말단인 기지회까지 무너뜨려버렸다.

거기다 규모 확장을 도모하던 예하조직들은 그 사건으로 인해서 몸을 사리고 있었다. 당연히 불법적인 사업의 움직임이 적어지고 조심스럽다보니 IIS에서도 어려움이 많았다.

"미더스물산이 거기에도 관여되어 있을지도 모르죠. 같이 조사해보면 될 겁니다."

"일단 임진환 회장님께도 협조를 요청하려고 합니다."

"저희도 같이 파보도록 하죠."

천익의 본사에서 얻은 정보에는 다른 기업과 조직에 관한 정보가 없었다. 오직 천익과 월드세이프펀드의 관계에 대한 정보뿐이었다.

"일단은 국정원도 문제입니다. 박승대 그 사람까지 천근초위의 일원이었을 줄은… 무턱대고 손을 쓸 수도 없으니 말입니다."

S등급 정보를 통해 박승대와 더불어 친일파로서 대한민국을 움직이는 인물들의 신상이 밝혀졌다. 하지만 정경유착이 심하게 되어 있으니 함부로 건드리기가 힘들었다.

"솔직히 박승대를 무너뜨리기는 어렵지 않습니다만 우리도 그만큼 각오를 해야겠죠."

사람은 높은 자리에 있는 만큼 아슬아슬하다. 특히 국정원 같은 자리는 비밀스러운 부분이 많기 때문에 위험성도 컸다.

박승대가 저질러온 비리만 내사에 들어가게 만들면 되었다. 그러나 밖으로 새어나갈 시에는 국민들에게 날아올 지탄이 엄청날 것이다.

국민을 지켜야 할 국정원이 사리사욕을 위해 움직여왔으니 말이다. 거기다 노진현 대통령까지 책임을 물어 임기가 끝나기 전에 내려올 수도 있었다.

"그렇다면 아이들부터 해결하게 되면 다음 목표는 김태선으로 잡아야겠군요."

지금 상태로 천근초위의 다른 멤버를 건드리면 대통령의 자리까지 위험했다. 그렇게 된다면 차기대권주자로 떠오르는 김태선이 유력해졌다. 차준혁은 일이 그렇게 흘러가지 않도록 막아야 했다.

"맞습니다. 일단 그것만 성공해도 김정구의 계획은 무너지게 되는 것이겠죠."

지금까지 나온 증거만 봐도 김정구가 김태선에게 공들인 시간은 엄청나게 길었다. 3대에 걸쳐서까지 이어졌으니 타격도 클 것이 분명했다.

"김태선의 불법 후원자금부터 푸는 것이 어떨까요? 검찰을 통해서 계획을 세운다면 가능성이 있습니다."

"나쁘지 않군요. 그럼 총기유통 경로와 같이 부탁드립니다. 저희는 미더스물산과 월드세이프펀드에 대해 조사하죠."

차준혁의 예상대로라면 월드세이프펀드는 천근초위의 자금들을 최종적으로 움직이는 회사일 것이다.

거기에 천익은 중간역할만 할뿐이었다. 두 중추를 끊어낼 수만 있다면 천근초위의 바닥을 드러낼 수도 있었다.

"그보다 몸부터 회복하셔야 하는 거 아닙니까?"

아직 차준혁의 갈비뼈가 붙지 않았기에 주상원은 걱정스런 표정을 지었다.

"싸울 일은 없으니 업무를 보는데 문제는 없습니다."

"그건 안 되죠!"

옆에 같이 서 있던 신지연이 미간을 찌푸렸다.

"크윽……."

"이번 일은 다급했으니 어쩔 수 없었어요. 그러니 몸을 다 회복하고 뭐든 해요. 알았죠?"

그녀의 신신당부에 차준혁은 머리를 싸맸다. 주상원은 그런 모습을 보고 조심스럽게 다가와 말했다.

"결혼하시면 잡혀 사시겠군요."

경상남도 양산에 위치한 폐공장 부지는 높은 담벼락으로 둘러싸여 있었다. 산 위에서가 아니라면 담 너머로 낡은 공장건물의 윗자락만 보였다.

"저런 애새끼들을 우리가 왜 돌봐야 하는 건지."

"나도 답답하긴 마찬가지야. 그러니 군소리하지 말고 주변이나 잘 살펴."

고요하던 폐공장 정문 쪽에서 사내들의 목소리가 들려왔다. 그들은 천익의 미국지사에서 한국으로 파견을 나온 이들이었다.

비밀부지에 속해 있던 경비대원들이 단 한 명에게 대부분 몰살당했으니 해외에서 인원을 보충해왔다. 하지만 그런 자세한 상황까지 몰랐던 요원들은 지금 상황에 불만이 많을 수밖에 없었다.

주변을 살피던 요원은 무전기를 들었다. 주기적으로 상황보고를 받기 위해서였다.

"문제는 없나?"

치직—!

—Wolf One. 이상 무.

—Wolf Two. 이상 무.

물음과 동시에 순서대로 짧고 간략한 대답들이 무전기에서 흘러나왔다. 그 수는 무려 10개 조에 달했다. 아이들을 지키는데 상당한 수의 요원들이 투입되었다는 의미였다.

잠시 후에 요원들의 교대가 이뤄지면서 정문 쪽을 지키고 있던 두 사람도 안으로 들어갈 수 있었다.

"정말 징글징글하네."

공장 내부를 걷던 이들은 복도 창문너머로 보인 아이들을 보고 중얼거렸다. 100명도 넘던 아이들은 옹기종기 모여 가벼운 놀이를 하고 있었다.

평소에 아이들을 상대할 일이 없던 요원들은 더욱 인상을 쓰며 그 모습을 쳐다봤다.

"그보다 한국에 있던 녀석들도 있을 텐데 우리가 와서 이런 짓까지 해야 하는 거야? 어이! 자네도 아는 거 없어?"

아이들이 보이던 창가를 지나친 요원은 통제실로 들어오며 물음을 던졌다. 그러자 비밀부지 경비대원 출신이던 다른 요원이 조심스럽게 입을 열었다.

"확실하지는 않은데 중앙경비대가 몰살당했다더군."

그들은 아이들이 교육받던 비밀지역을 중앙이라고 불렀다. 대답이 그렇게 이어지자 해외지사 출신인 19명의 요원들이 깜짝 놀랐다.

"설마 정부에서 그곳을 쳤단 말이야?"

"바보냐? 거기서 쳤으면 아이들을 이렇게 옮길 리가 없잖아."

"그보다 몇 명이나 쳐들어왔기에 몰살이야?"

요원들의 의견이 분분하던 중에 처음 대답해주었던 사내

가 말을 계속 이어갔다.

"진짜인지 거짓말인지 모르겠지만 한 명."

아무리 사실을 함구시킨다고 해도 그들 사이에서 소문이 퍼질 수밖에 없었다. 그 때문에 중앙경비대 출신의 사내는 재직하던 동료를 통해 당시의 일을 들을 수 있었다.

"말도 안 돼… 구라치는 거 아니야?"

하지만 다른 이들은 그 말을 믿지 않았다. 자신들처럼 전문적으로 훈련받은 동료들을 군대가 아닌 단 한 명이서 몰살시켰다는 것이니 당연한 반응이었다.

"나도 믿기지 않지만 사실이라고 하네. 그리고 쪽팔려서라도 그렇게 말하겠나?"

폐공장 안에서 요원들은 의문만 가득한 대화를 계속 이어 나갔다.

사사사삭! 사사사삭!

아이들의 임시거점인 폐공장에서 약 500m 정도 떨어진 낮은 고도의 동산 위였다. 그곳으로 모인 20명의 IIS요원들은 자신들이 파악한 것을 내놓았다.

"경비조는 총 40명으로 20명씩 교대를 도는 것 같습니다. 그리고 내부는 확인하기가 어렵습니다."

"무장상태는 권총만 가진 것으로 보입니다."

"일단 공장 정문에는 2명씩 배치되어 있습니다."

종합된 정보가 설명되자 조용히 듣고 있던 배진수는 고개를 끄덕였다.

"그 정도면 나쁘지 않군. 다들 정신 똑바로 차려야 한다. 절대로 긴장을 놓쳐선 안 돼."

"알겠습니다!"

그들은 배진수의 신신당부에 고요하면서도 힘차게 대답했다.

"타격예정시간은 00시 00분. 아이들의 신변을 최우선으로 한다. 흔적은 절대로 남기지 마라. 그럼 모두 작전지역으로 산개하도록!"

해가 막 지기 시작한 시간이었다. 배진수의 명령과 함께 요원들을 동산의 후방으로 빠져 각자의 자리로 이동하기 시작했다.

작전시간까지는 오래 걸리지 않았다. 한적했던 도로는 듬성듬성 떨어진 가로등 불빛 아래 더욱 고요해졌다. 어둠 속에서 IIS요원들은 정확한 시간에 맞춰 움직여갔다.

피픽—!

일단 담장부터 넘어간 요원들은 숨어 있던 천익의 경비대를 찾아 마취총을 쐈다.

정문을 지키고 있던 경비대 두 사람은 바닥으로 쓰러지기 전에 요원들에게 붙잡혀 끌려 들어갔다. MR테크에서 아피솔라젠으로 만든 마취총을 IIS요원들에게 지급한 덕

분이었다.

정문을 그렇게 제압한 배진수는 무전기를 눌렀다.

"여기는 MAD Zero. 정문 제압 완료. 상황보고."

―MAD One. 이상무.

―MAD Two. 이상무.

답신은 Ten까지 이상 없다고 들려왔다. 천익의 경비대들도 만만치 않은 실력자였다. 그러나 급습을 전혀 예상치 못했기에 빠른 진압이 가능할 수 있었다.

그 후에 배진수는 주변을 한 번 살핀 후에 다음 지시를 내렸다.

"EWOF(전파방해필드)를 작동시키도록 한다."

MR테크에서 예전에 개발했던 전파방해수류탄을 개량한 일정지역전파를 넓게 방해하는 기기였다.

―Roger!

배진수는 같은 조를 이룬 김욱현과 함께 폐공장 정문에 팔뚝만 한 길이와 두께의 기둥을 꽂았다.

미리 정해두었던 시간이 되자 그들은 기둥 한쪽에 위치한 버튼을 눌렀다. 위쪽에 램프가 빨간불로 깜빡이다가 초록불이 바뀌며 작동을 확인할 수 있었다. 각 투입조가 설치한 기둥이 연동되어 전파를 방해할 수 있게 된 것이다.

이제 IIS요원들의 무전기 외에는 전파방해필드가 구성된 지역 내에서 어떤 통신도 불가능했다.

"됐습니다."

"그럼 돌입한다!"

두 사람은 그대로 폐공장으로 들어갔다. 공장 안은 허름한 겉과 다르게 심하게 지저분하지는 않았다. 아이들의 임시거처로 정하기 전에 청소한 듯했다.

"남은 경비대와 아이들의 위치는 포착되었나?"

외부탐색조에게 묻는 질문이었다. 이에 체열검사기기로 건물을 확인한 요원들에게 대답이 들려왔다.

—아이들은 공장 A지역, 경비대는 A지역 10명과 C—1지역 10명이 있습니다.

"OK. 2단계 작전을 시작한다."

배진수와 김욱현은 진입한 공장 안에서 잠시 멈추었다. 그리고 잠시 기다리니 밖에 있던 요원들이 공장의 전원을 차단시켜버렸다.

순식간에 주위가 깜깜해지자 두 사람은 준비한 야간투시경을 착용하고 달렸다.

"비상사태다! 모두 태세를 갖춰!"

그때 공장 어디선가 경비대의 외침이 들려왔다.

C—1지역 앞까지 도착한 두 사람은 문이 열리는 것을 보고 달려들었다.

쾅—! 피피픽! 피피픽!

안으로 뛰어든 두 사람은 혼란스러워하는 경비대를 향해

마취총을 쏘아댔다. 야간투시경 덕분에 그들은 어둠 속에서 속수무책으로 쓰러질 수밖에 없었다.

"완전 방심하고 있었네요."

김욱현은 그렇게 쓰러뜨린 경비대를 보며 의기양양 떠들었다.

"네 배때기에 들러붙은 탄환부터 치우고 그딴 소리를 해라."

"아…! 어쩐지 욱신거리더라니."

어둠 속에서 경비대는 인정사정없이 소음기 달린 권총을 갈겼다. 그러다 정신없이 움직이던 김욱현의 복부에 맞은 것이다. 하지만 울린지로 특수하게 제작한 전투복 덕분에 웬만한 충격을 흡수할 수 있었다.

"소총이었으면 욱신거리는 걸로 안 끝날 수도 있었다. 조심해."

"죄, 죄송합니다."

"그보다 흔적부터 치워."

배진수의 지시에 김욱현은 마취총의 탄환들을 줍기 시작했다. 그러던 중에 무전기로 다른 요원들의 보고가 들어왔다.

—여기는 MAD Two. A구역 정리완료.

"문제는 없었나?"

—없었습니다. 아이들은 모두 재워뒀습니다. 그리고 아이들의 수는 202명입니다. 처음에 추측되었던 수보다 적

습니다.

그런 대답에 배진수는 뭔가 이상함을 느끼고 다시 무전기를 들었다.

"일단 상황부터 종료시키도록."

잠시 후 바깥에서 대기 중이던 요원들이 정문을 열어주었다. 그러자 인근에서 미리 대기 중이던 버스들이 공장부지로 들어섰다.

물론 인근 CCTV들은 IIS와 이지후가 합작하여 마비시켜 놓았다. 폐공장에 남은 것이라고는 쓰러진 천익의 경비대원들뿐이었다.

"202명이요?"

차준혁은 IIS서울지부에 있다가 습격에 성공했다는 소식을 들었다. 그러나 예상했던 수보다 아이들이 적자 의문이 들 수밖에 없었다.

"그렇다고 합니다."

"아이들의 연령대는요. 아닙니다. 제가 직접 물어보도록 하죠."

주상원의 대답에 차준혁은 통화가 연결된 마이크 앞으로 나섰다.

"배진수 팀장님. 연령대는 어떻습니까?"

―14살에서 20살까지입니다. 대략 27명에서 30명씩으로 구분되어 있었습니다.

추측한 300명이 맞는다면 100명 정도를 다른 곳으로 숨겨놨단 의미였다. 거기서 차준혁은 또 하나의 사실을 추측할 수 있었다.

'약 28명씩 7단계로 구분된 아이들… 그렇다면 위로도 그런 구분으로 더 있을 수 있잖아.'

입양된 아이들의 나이는 13살 때부터였다. 그 이하는 없을 테니 위로 있을 가능성은 충분했다.

"성인이 된 아이. 아니, 그 사람들은 다른 곳으로 숨겨뒀다는 거군요."

생각을 정리한 차준혁은 주상원에게 의견을 말했다.

"성인이요?"

"지금 구해낸 아이들은 만으로 아직 미성년입니다. 천익에게 있어서 당장 쓸모가 있는 기준을 잡아 나눈 것이죠."

주상원은 그 의견을 들으며 의구심에 자신의 턱을 천천히 쓰다듬었다. 한 번에 모든 아이들을 구해내지 못한 탄식이 섞인 표정이었다.

"그렇다면 우리가 너무 급하게 친 것이로군요."

"저도 천익에서 이렇게 나눌 줄은 몰랐습니다. 지금쯤이면 아이들이 구조된 것을 알았을 테니. 다른 장소로 옮기겠죠."

이번에는 차준혁도 너무 조급하게 결정을 내렸다. 하루라도 빨리 아이들을 구해야 한다는 생각 때문이다.

"그럼 이제 어떻게 합니까?"

"상황은 늦었으니 모든 밀항루트를 파봐야죠. 녀석들도 조급해졌겠지만 더욱 조심스러워질 겁니다."

"헌데 아이들은 어떻게 하실 겁니까?"

주상원은 또 다른 중요한 문제를 의견으로 내놓았다.

"공개되도록 만들어 야죠. 그래야지 대외적으로도 위장 입양을 사건화시켜서 정부에서도 움직일 수 있지 않겠습니까."

구조된 아이들은 현재 IIS에서 마련한 버스에서 대기 중이었다. 지금 상태로 대외적으로 공개하게 되면 IIS의 흔적이 사회적으로 드러날지도 몰랐다.

물론 그 때문에 차준혁은 작전을 짤 때에 아이들을 아피솔라젠을 기화시킨 가스를 사용해 재웠다.

"그럼 어떤 방식으로 말입니까?"

"뭐… 평범한 방법이 좋겠죠. 이런 상황에서 괜히 머리를 쓰면 흔적만 남길 뿐이니까요."

차준혁은 찾지 못한 사람들을 떠올리며 조용히 중얼거렸다.

가릴수록 드러날 수밖에 없다

[전날 밤 경남 양산시 외곽에서 신분을 확인할 수 없는 202명의 청소년들이 잠든 채 발견되었습니다. 청소년들의 연령대는 만 13세에서 19세 사이로 경찰 측에서 현재 조사 중이라고 발표했습니다.]

"대체 일처리를 어떻게 한 거야!"

김정구는 하루라도 혈압이 가라앉을 날이 없었다. 이번에도 마찬가지였다. 러시아로 옮기기 위해 이동시켜둔 아이들이 세상에 드러나면서 나도명에게 소리를 질렀다.

"추적당하지 않도록 최대한 준비를 했음에도 문제가 있

던 것 같습니다."

당연히 나도명은 얼굴을 들지 못한 채로 서 있었다. 차량과 목적지까지의 라인까지 철저하게 분산시켰음에도 아이들을 탈취당했으니 그도 답답할 뿐이었다.

"다른 아이들은 어찌했나."

"곧바로 옮겼습니다. 그리고 임무에 실패한 경비대는 곧장 몸을 숨기라고 해뒀습니다."

아이들을 지키는데 실패한 경비대는 신분이 드러났을 지도 몰랐다. 다시 경비로 쓰기에는 오히려 추적당할 수 있기에 잠수를 타라고 지시한 것이다.

"도대체 녀석들의 정체가 뭐야!"

차라리 전면전으로 공격해온다면 정체라도 알 수 있었다. 그런데 희미한 흔적만 남기며 천익의 이곳저곳을 예측할 수 없이 들쑤시고만 다녔다.

물론 천익에서도 그때마다 나름 대비를 갖추고 있었다. 그럼에도 예상을 벗어나는 식으로 파고 들어왔다.

"입양과 관련된 라인들부터 끊어놓고 서류적인 문제를 해결해놓겠습니다."

나도명은 김정구가 이성을 잃었다고 생각하며 문제가 될 만한 것들부터 골라냈다.

"후…! 그 일에 대해선 자네가 알아서 하게. 그리고 문진원 회장에게 남은 준비를 당겨 달라고 요청하도록."

남은 아이들을 빨리 이동시키기 위해서였다. 그렇게 말한 김정구는 크게 한숨을 내쉬었다.

"알겠습니다. 문제가 없도록 처리하겠습니다."

천익은 20년간 고아들을 거짓으로 입양시켜 사회에 진출하게 만들었다. 그중에 14~20기 아이들이 대외적으로 드러난 것이다.

앞에 내보낸 아이들은 세탁된 신분이기 때문에 절대로 들키지 않는다. 그러나 다른 곳으로 옮겨둔 10~13기들은 아직 세탁신분이 정해지지 못했다.

자칫 꼬리가 잡힐 수 있기 때문에 입양기관이나 관계된 사람들을 입막음시켜둘 필요가 있었다.

"절대로 우리가 관여되었단 사실이 드러나선 안 돼."

"알고 있습니다."

입양시켰던 아이들의 존재는 천익의 김정구와 월드세이프의 문진원, 한민국당의 변종권만 알았다.

당연히 다른 천근초위의 멤버들이 이 사실을 알게 되면 중요한 관계에 문제가 생길 수도 있었다.

"크음……!"

나도명은 탄식을 흘리는 김정구를 뒤로하고 자리를 벗어났다. 그리고 바쁘게 정계와 관련된 핸드폰 번호부터 찾아 눌러댔다.

○─○

　서울중앙지검에는 새로운 특수부가 신설되어 있었다.
그동안 천성건설의 비리, 해명그룹의 막내아들 박원준 사
건, 부산 기지회의 뇌물수수 및 기업유착 사건들을 다뤄왔
다.
　이번도 마찬가지였다. 특수부 부장검사 유태진은 지검
장 사무실 소파에 앉아 서류를 읽고 있었다.
　"TV에서 떠들썩하던 사건이군요. 그런데 부산지청에서
맡기로 했던 것이 아닙니까?"
　모두 읽혀진 서류는 제일 앞장으로 돌아갔다.

[경남 정체불명 청소년 발견사건]

　양산시 인근에서 발견된 신분불명의 청소년들이 발견된
사건을 총칭한 서류였다. 검사장 조성우는 그렇게 반응한
유태진을 쳐다보며 본론을 꺼냈다.
　"원래는 부산지청에서 맡으려 했지만 규모가 상당하다
고 판단되어 중앙으로 이관되었네."
　200명이 넘는 아이들이 발견된 버스 5대도 도난당한 것
으로 나와 추적이 불가능했다.
　물론 경찰 쪽에서 버스도난 사건을 따로 수사 중이었다.

그러나 당일 해당지역에서 대규모 정전이 발생하는 바람에 CCTV가 모두 꺼진 상태였다.

 거기다 장소도 인적이 드물고 시간까지 이른 새벽이라서 목격자도 없었다. 결국 아무런 흔적도 찾지 못해 아이들을 중심으로 수사하는 방법뿐이었다.

 그러한 결과까지는 유태진도 서류로써 확인했기에 다른 증거에 대해서 의문을 가졌다.

 "뭐가 나오긴 했습니까?"

 "아이들의 신원을 은가람 복지재단에서 제공해줬네. 이건 그것에 관한 서류고 말이야."

 테이블 위로 조성우가 봉투를 하나 내밀었다. 그걸 집어 든 유태진은 곧장 읽어보았다.

 "허어⋯⋯."

 "은가람 복지재단은 정부와 협력하여 전국 고아원들을 지원해주고 있네. 그리고 입양된 아이들과 입양시킬 아이들에 대해서도 문제가 없는지 확인하지. 거기서 이번에 발견된 아이들의 기록이 나왔네."

 서류를 계속 읽어나간 유태진은 말을 잇지 못했다. 버스에서 발견된 아이들이 7년 전부터 각지 고아원에서 해외 입양 처리된 것으로 쓰여 있었기 때문이다.

 "나도 처음에 그걸 읽고서 황당했지. 어떻게 특수부에서 해결할 수 있겠나?"

아이들에 대해서는 뉴스에서도 떠들썩했다. 상당한 관심이 몰린 상황이라 검찰에서도 지속적인 수사발표를 하지 않을 수 없었다. 중앙지검으로 사건이 이관된 것도 그 이유 중에 하나였다.

"일단 저희가 맡도록 하죠. 그런데 이 정도의 아이들을 해외입양을 통해 빼돌렸다면 어떤 조직이 배후에 있는 것이 아닙니까?"

유태진은 사건의 표면적인 사항들을 파악하다가 중요한 의문점을 그에게 물었다.

"나도 그런 생각을 해봤네만… 아이들이 공식적으로 실종처리가 되었던 것도 아니잖나. 괜히 일만 키웠다간 검찰 꼴만 우스워질 수 있네."

"그럼 부산지검에서 진행해도 문제없지 않습니까."

조성우 검사장은 그의 되물음에 고개를 저었다.

"관심이 쏠린 만큼 구색도 중요하지 않겠나. 솔직히 증거가 너무 없어. 부산지검에서도 아이들을 조사해봤지만 솔직히 신빙성도 없고 말이야."

만 17~19세 아이들은 입을 꾹 다물고 있었다. 대신 그보다 어린아이들이 대답했지만 숲에서 공부만 했다고 할 뿐이었다. 영문 모를 증언이기 때문에 확실한 증거라고 할 수가 없었다.

"제가 맡아보고 보고를 드리도록 하죠."

그가 일어나려하자 조성우가 다시 입을 열었다.

"헌데 조 검사는 잘 하고 있나? 신경 쓰이게 하고 싶지는 않지만 애비인 탓에 노파심이 들어서 말일세."

"조해성 검사라면 워낙 유능한 친구라서 잘 하고 있습니다. 검사장님께서도 그러실 때도 있으시군요."

진지했던 분위기가 조금 가라앉은 덕분인지 유태진도 가볍게 말했다.

"다행이군. 괜히 검사장 아비를 둬서 낙하산 인사란 말이 나올까봐 걱정되었지."

특수부 조해성 검사는 조성우 검사장의 아들이었다. 거기다 33살로 많지 않은 나이에 특수부에 속해 있으니 선후배, 동료들에게 좋지 못한 말이 나올지도 몰랐다.

"그간 많은 사건들을 처리하는데 상당한 능력을 보여줬습니다. 걱정하시지 않아도 됩니다."

"좋게 말해줘서 고맙네."

유태진은 대화가 끝나자 서류를 챙겨서 그의 방을 나섰다. 그리고 특수부가 있는 사무실로 발걸음을 옮겼다.

그 시각 차준혁은 갑작스런 주상원의 호출을 받아 IIS서울지부 회의실에 도착했다. 회의실에는 주상원과 정보팀장 한재연이 앉아 있었다.

"중장지검에서의 움직임이 심상치 않다니 무슨 말입니

까."

차준혁도 입양아 사건이 서울중앙지검 특수부로 이관된 것을 알고 있었다. 당연히 문제없이 수사를 진행할 것이라고 생각했기에 호출을 받아 의아했다.

"예전에 말씀해주신 입양아 출신 고위 관직인사를 조사하다가 수상한 이들을 찾아냈습니다. 그런데 특수부와 관계된 이들이 있었습니다."

"그게 누굽니까?"

"특수부 조해성 검사입니다. 허나 문제는 조해성 검사의 부친입니다."

"……?"

고개를 갸웃거린 차준혁은 그의 대답을 기다렸다.

"바로 서울중앙지검 조성우 검사장이더군요. 아들 조해성은 19년 전에 입양한 것으로 나왔습니다."

조성우 검사장은 검사들 사이에서 청렴함과 강직함을 갖춘 것으로도 모자라 고아를 입양하여 친자식처럼 키운 것으로도 유명했다. 그 덕분에 동기들 중에서 가장 먼저 검사장 자리에 올랐다. 물론 품성도 좋아 선후배들의 무한한 지지를 받았다.

차준혁도 과거의 기억을 더듬어 그러한 사항들을 떠올릴 수가 있었다.

"거기서 수상한 부분이 있습니까?"

"검찰청에 있는 겨레회원에게 들으니 조성우 검사장이 이번 사건을 조용히 마무리 지으려는 정황이 보였다고 합니다."

"그 사람이요?"

겨레회도 차준혁의 적극적인 행동력을 본받아 모든 조사에 힘을 실었다. 그로 인해서 정보력을 총 동원하다보니 지금과 같은 정황을 찾아낼 수 있었다.

"물론 함부로 의심할 수는 없겠죠. 사건의 난이도가 높다보니 검찰의 이미지를 위해서 조용히 해결하는 것일 수도 있습니다. 하지만 최근에 한민국당 변종권 의원과 접촉이 있었습니다."

변종권은 천근초위의 한 사람이었다. 검사장이 국회의원의 만남자체를 의심하기는 힘들겠지만, 당사자의 입장이 입장인 만큼 수상할 수밖에 없었다.

"그럼 변종권이 조성우 검사장에서 청탁을 했다는 상황일 수도 있겠군요."

"저희도 그렇게 짐작만 하고 있습니다. 하지만 확실한 증거가 없다보니 지켜만 보는 중입니다."

그사이 차준혁은 조성우와 조해성. 그리고 변종권과 천익에 대해 추측을 해보았다.

'조성우는 19년 전에 천익의 아이인 조해성을 입양해서 지금까지 키우고, 그 대가로 검사장까지 올라갈 수 있었던

것인가?'

만약 조해성이 정말 천익의 사람이라면 홍이명과 같은 케이스일 확률이 높았다. 어릴 적 다른 아이들보다 재능에 더욱 두각을 보여 선출된 것으로 말이다.

"혹시 조해성의 학창시절 성적과 검사실적은 어떻습니까? 확인된 것이 있나요?"

"잠시만 기다려보시죠."

옆에서 조용히 있던 한재영이 노트북으로 자료를 뒤져서 화면으로 띄웠다.

조해성은 올해 33살이었다. 14살에 입양된 후부터 학교에서 전교 1등을 놓치지 않았다. 대학 때나 사법연수원에서도 마찬가지였다. 수석으로 졸업하여 당시에는 사회적으로도 화제가 되었다.

"역시 상당한 재능을 가졌네요."

"무슨 문제라도 있습니까?"

"제가 천익의 비밀부지에서 싸운 홍이명과 같은 케이스인 듯싶습니다."

"홍주원 이사의 양아들인 홍이명이라면… 차 대표님의 갈비뼈를 부러뜨렸다던 그 사람입니까?"

주상원은 차준혁에게 처음으로 부상을 입힌 홍이명에 대해 잊지 못했다.

"격투에 있어서 천부적인 재능을 가졌습니다. 제가 보기

에 천익에서는 그런 재능을 지닌 아이들만 교육과정을 거치지 않고 내보내는 것 같습니다."

"하긴… 이런 재능을 지녔다면 따로 교육이 필요 없었겠군요."

아이들의 증언은 숲에서 공부를 했다는 것뿐이었다. 그건 IIS도 검찰에 심어둔 겨레회원을 통해 알 수가 있었다.

"홍이명과 조해성… 그밖에 더 있을 수 있겠죠. 물론 짐작일 뿐이지만 입양과정을 더 파보면 나올 겁니다."

"그러도록 하죠. 헌데 조성우 검사장은 어떻게 할까요? 아무런 증거가 없어 조치는 힘들지만 말입니다."

그 물음에 차준혁은 잠시 고민했다. 지금 취해야 할 행동을 결정하기에는 어렵지 않았다.

"일단 두시죠. 어차피 특수부 부장검사는 유태진 검사가 아닙니까?"

"차 대표께서 유태진 검사를 추천하셔서 진급추천을 올리지 않았습니까."

유태진은 차준혁이 경찰이었을 때에 부딪쳤던 사람이다. 거기다 천성건설을 무너뜨릴 당시에도 직접 만나서 증거를 넘겨주었다.

그런 유태진의 성품은 너무나도 강직해서 꺾이기가 불가능했다. 원래 미래에서도 그런 성향 탓에 진급하지 못하고 좌천만 당해왔다.

차준혁은 절대 꺾이지 않는 그의 미래를 알기에 특수부로 옮기도록 만든 것이다.

"그 사람이라면 사건을 아무렇지 않게 덮지는 않을 겁니다."

"하지만 검사장이 압력을 줄 수도 있지 않습니까. 그리고 이해되지 않는 부분도 있습니다. 왜 굳이 특수부로 이관시킨 건지……."

입양아 발견사건은 천익에 있어 중요했다. 그런 사건을 조성우 검사장이 직접 특수부로 이관시켰다.

사건을 묻어버려도 이상하지 않을 판국에 오히려 상어 입으로 집어넣었으니 말이다.

"표면적으로 문제가 없이 마무리 지으려는 것이겠죠. 괜히 얼렁뚱땅 묻어버리면 티가 나니까요."

"하지만 특수부가 과하게 수사를 들어가면 조성우도 가만히 있지는 않을 텐데요."

조성우가 정말 천익의 사람이라면 과거의 청렴함이 어떻든 간에 본색을 드러낼지도 몰랐다. 거기다 검사장의 위치도 있으니 사건을 다른 부서로 이관시켜버리면 소란만 조금 있을 뿐, 문제는 없었다.

"그만큼 천익에서도 증거들을 없애놨겠죠. 특수부에서 그런 증거인멸의 흔적을 쫓도록 해야 합니다."

"흠… 괜찮은 생각이로군요. 그럼 저희는 조성우와 조해

성, 변종권을 계속 감시하겠습니다."

유태진은 특수부 부장검사이면서 보고만 받지 않고 부하 검사들과 함께 일선에 나섰다. 이번 사건에서도 마찬가지였다.

"이거 사건이 만만치 않겠어."

지금까지 조사된 서류를 읽던 유태진은 안경을 벗고 눈 사이를 주무르며 의자에 기대었다. 이에 옆으로 앉아 있던 조해성 검사도 그 의견에 공감했다.

"입양기관에서는 원장이나 사무총장, 입양지원국까지 자신들은 절차대로 입양을 내보냈다고만 합니다."

"서류적인 부분에서는 문제가 없으니 그럴 만하겠지."

천익은 중앙입양원의 중추인물들을 오랫동안 매수해 놨다. 물론 차기 원장이나 이사회들도 문제가 생기지 않도록 자신들의 사람들로 계속 심어두었다.

서류 또한 문제가 없도록 꾸며놨으니 표면적으로 문제는 없었다.

"입양기록을 확인해도 문제는 없습니다. 이대로는 수사가 어렵겠는데요."

"그래도 포기할 수는 없지."

우우웅—! 우우웅—!

유태진은 안경을 다시 쓰려다 핸드폰이 울린 것을 보며 받아들었다.

"특수부 유태진입니다."

—김정훈 사무관입니다. 양산시 인근에서 버스경로를 조사하다가 이상한 장소를 찾았습니다.

"이상한 장소요? 설명을 좀 해주시죠."

물음이 이어지자 김정훈 사무관이 말을 이어갔다.

—양산시 외곽에 위치한 폐공장 단지입니다. 겉으로는 폐업한지 오래된 것 같은데 내부는 상당히 깔끔합니다. 사람이 지냈던 흔적도 있고요. 일단 감식반을 통해 조사해보려는데 허가를 부탁드립니다.

"뭐든 수상한 점이 있으면 확인하세요. 감식반은 바로 요청하도록 하죠."

그가 통화를 끝내자 조해성이 조심스럽게 물었다.

"김 사무관이 뭘 발견했다는 겁니까?"

"버스경로에서 수상한 폐공장을 하나 발견했다고 하는군. 정황을 생각해본다면 아이들이 있던 장소일지도 모르겠네."

조해성은 살짝 안색이 어두워졌다가 급히 바꾸었다.

"저는 아이들이 속했던 고아원으로 가보겠습니다."

"자네가 직접?"

"제대로 확인해야죠. 경찰수사만으로 발견하지 못한 것이 있을 수도 있지 않겠습니까."

그 말을 끝으로 조해성은 재킷과 가방을 챙겨들었다. 그리고 특수부 동료들에게도 말을 해놓고 바로 사무실을 나섰다.

특수부 김정훈 사무관은 폐공장으로 도착한 감식반을 지켜보다가 이곳저곳으로 발걸음을 옮겼다.

주변은 지원을 요청한 경찰들로 가득했다. 그러던 중에 공장 사무실문이 보이자 김정훈은 그 방으로 들어섰다.

"…응?"

사무실도 다른 곳과 마찬가지로 치워진 흔적이 있었다. 거기다 벽면으로는 뭔가 설치되었던 것을 떼어낸 자국도 보였다.

그것만이 아니었다. 사무실에서 무슨 일이 있었는지 벽면 이곳저곳이 움푹움푹 파여 있었다.

"여기에 뭐가 있었던 거지?"

계속 주변을 살피던 김정훈은 장갑을 끼고 낡은 수납장과 소파 밑을 살펴봤다.

"저건……."

플래시를 비추자 소파 받침대 옆으로 금색의 반짝이는 것이 보였다. 그걸 꺼내든 김정훈의 표정은 굳어질 수밖에 없었다.

"탄피……?"

권총용 9mm 탄피였기 때문이다.

"이게 여기 왜 떨어져 있는 거지?"

탄피에 먼지도 쌓이지 않은 것을 봐선 최근에 떨어진 것이다. 그렇다면 사무실 안에서 사용되었거나 누군가 떨어뜨렸다는 의미였다.

"잠깐! 설마, 저 흔적은?"

벽면이 파여진 자국으로 김정훈의 시선이 향했다. 만약 사무실에서 탄환이 발사된 것이라면 어디든 탄흔이 남아야 했기 때문이다. 그걸 다른 자국을 덮어씌워 가린 것일 수도 있었다.

"감식반! 이리 좀 와주세요!"

김정훈은 급히 감식반부터 불러 사무실 안의 초연반응을 확인했다. 잠시 후 사무실 안에서는 희미한 자주색이 이곳 저곳에서 떠올랐다.

화약의 폭발로 이산화질소가 발생하면서 생긴 흔적이다. 거기서 다이페닐아민을 작용시켜 자주색이 나타난 것이다.

천익에서 급하게 흔적을 지웠지만 초연반응까지는 미처 해결하지 못한 것이다.

"대체 여기서 무슨 일이 벌어진 거야?"

의문이 더욱 커지며 김정훈의 미간이 찌푸려졌다.

그 시각 차준혁은 자신의 사무실에서 지경원에게 보고를 받았다. 그런데 예상과 다르게 흘러가자 의아할 수밖에 없었다.

"미더스물산에서 아무런 움직임이 없다고?"

"그렇습니다. 거기서 추진 중인 수출상황은 이상 없이 나가고 있습니다. JW물산과 같이 조사한 결과라 다른 특별한 사항도 없을 듯싶습니다."

"이상한데… 분명히 그곳을 통할 텐데 말이야. 다른 기업은 어때? 이상한 곳은 없어?"

그 물음에 지경원은 들고 있던 서류를 뒤지다가 몇 장을 꺼내 내밀었다.

"혹시나 하고서 조사해봤습니다. 해당 사항에 들어가는지는 모르겠지만… 최근에 기준 적재량보다 과중적재해서 제품을 내보내는 기업들이 있었습니다."

서류를 본 차준혁은 해당기업의 투자처를 보고 눈이 커질 수밖에 없었다.

"월드세이프펀드?"

"과중적재를 하는 중인 기업은 5곳입니다. 조사를 해보니 부산항만 세관 쪽으로 뒷돈이 오갔나봅니다. 거기다 과적재도 심한 정도가 아니라 현행으로 걸리지만 않으면 나중에 뒤탈은 없을 것으로 보입니다."

차준혁은 월드세이프펀드가 연관된 사실에 집중했다. 그러다 5개의 기업이 수출을 나가는 장소를 보며 눈이 크게 떠졌다.

"전부 다 러시아로 제품을 내보내는 기업이야?"

"맞습니다. 그리고 가장 수상한 부분인데 수출일정을 보면 굳이 과적재를 하지 않아도 문제가 없습니다. 지금처럼 진행하면 미리 신고한 적재량보다 적게 들어갈 텐데 말이죠."

수출제품 출하는 항만세관을 통해 미리 신고가 들어간 후에 점검이 들어간다. 그리고 일정기간 안에 세관에서 검사한 후에 출하할 수 있었다.

그런 상황에서 과적재는 제품의 미묘한 잔여수량으로 컨테이너비용을 소비하지 않기 위해였다. 또는 예정된 출하량을 과도하게 앞당기기 위한 목적도 해당되었다.

하지만 급박한 상황도 아닌 기업들이 세관까지 포섭해가며 과적재했단 사실은 이해되지 않았다.

"제품적재가 적어진다면 공간이 생긴다는 의미인데."

"더 이상한 부분은 분명히 부족해야 할 적재량이 본래 적재량으로 신고되었습니다."

차준혁은 읽던 서류에서 지경원이 말한 내용을 확인할 수 있었다.

"녀석들이 이용하려던 밀항통로가 이거군."

"저도 확률적으로 따진다면 그곳이 유력하다고 생각합니다."

"적재량이 부족한 컨테이너가 출하될 날짜가 얼마 안 남았잖아?"

서류를 마저 확인한 차준혁은 그 일자가 이틀 뒤란 것을 알았다. 의심되는 상황에서 그 컨테이너가 무사히 나가도록 만들어서는 안 되었다.

"어떻게 할까요?"

"이제부터는 내가 움직여야지."

"그럼 저는 일을 하러 가보겠습니다."

보고를 마친 지경원은 밖으로 나갔다. 혼자 남게 된 차준혁은 곧장 핸드폰으로 주상원의 번호를 눌렀다.

—무슨 일이십니까?

"남은 인원수가 밀항할 계획을 알아냈습니다."

—정말입니까?

"자세한 것은 조금 있다가 전문을 보내드리도록 하겠습니다. 그 전에 부탁드릴 것이 있습니다."

차준혁은 머릿속에서 세운 계획을 주상원에게 천천히 설명해주었다.

천익의 홍주원 이사는 중요한 기일을 하루 남기고 월드
세이프펀드 문진원 회장과 만남을 가졌다. 그 자리에는 밀
항을 도와줄 부산 원진중공업의 김형권 사장도 와 있었다.

"저희 어르신께서 이번 일에 주의를 기울여주시길 청하
고 계십니다."

"상황은 홍 이사처럼 나도 잘 알고 있네. 그래서 새로운
장소까지 바로 알아봐주지 않았나."

문진원도 김정구처럼 상당한 자금을 들인 아이들이 발각
된 사실에 탄식을 금치 못했다. 물론 그 사실은 같이 자리
한 김형권 사장도 몰랐다. 그래서 중요한 문맥을 넣지 않
고 대화한 것이다.

"그렇지 않은가. 김 사장."

"하하하. 무슨 말씀이신지는 잘 모르지만 걱정하지 마십
시오. 적재량도 문제없이 당겨두었으니 출하만 마치면 누
구도 어쩔 수 없을 겁니다."

김홍권은 월드세이프펀드의 지원을 받아 지금의 사업을
일으킬 수 있었다. 그리고 이번 일을 마치고서도 상당한
돈을 약속받았다.

물론 그도 위험이 따른다는 것을 알지만 놓치고 싶지 않
을 정도의 금액이었다.

반면에 홍주원은 여전히 진지한 표정을 유지했다.

"저희 물건을 적재시에는 그쪽 직원들이 절대로 봐선 안됩니다. 그리고 저희 사람들도 투입될 것이니 담당자에게 전해주세요."

"알고 있습니다. 단단히 주의를 주겠습니다. 그보다 앞으로도 필요한 일이 있으시면 언제든 말씀만 해주십시오."

그 말을 끝으로 김홍권은 술잔을 들었다. 문진원과 홍주원은 그에게 술을 받으며 남은 대화를 이어 나갔다. 중요한 대화는 거의 끝나갔기에 잡다한 이야기만 오가고 있었다.

술자리가 2시간 정도에 걸쳐 끝나자 홍주원은 자신의 차량에 올라탔다. 그리고 핸드폰을 꺼내 부산으로 보낸 요원들에게 전화를 걸었다.

―전화 바꿨습니다.

굵직한 목소리가 들려왔다. 이번 임무의 책임자인 경비대장 민주식이었다. 그리고 비밀마을 경비대장급 중에서 유일한 생존자이기도 했다.

"요원들은 문제가 없겠지?"

―예. 그렇습니다.

"전에도 말했지만 이번에는 절대 실책이 있어선 안 된다. 그리고 문제가 생길 시 어떤 식으로든 흔적을 잡아야 해."

홍주원은 약간의 취기가 올랐음에도 상당히 진지한 목소리였다.

—이번에는 절대로 당하지 않을 것입니다.

차준혁이 비밀부지에 침입했을 때에 민주식은 북쪽수색을 맡고 있다가 채석장으로 마지막에 도착했다. 거기다 그 과정에서 울프의 시신까지 발견하여 이를 갈고 있었다.

"너무 흥분하지 말도록."

—명심하겠습니다.

급격히 가라앉은 민주식의 목소리에 홍주원은 고개를 저었다.

새벽이 되자 컨테이너 차량 1대가 검문을 대충 받고 부산항만 부두에 들어섰다. 차량은 눈빛을 날카롭게 뜬 민주식이 운전기사를 맡고 있었다.

컨테이너 사이를 이리저리 빠져나간 민주식은 지정된 장소로 차량을 세웠다. 그러자 컨테이너 사이로 숨어 있던 요원들이 하나둘 모습을 드러냈다.

"CCTV는?"

차에서 내린 민주식의 물음에 한 요원이 나섰다.

"처리해놨습니다."

"빨리 시작하도록."

그의 지시에 따라 요원들은 컨테이너의 문을 열었다. 안에는 100여 명 정도의 남녀들이 가벼운 검은색 유니폼차림으로 줄줄이 내려왔다.

남녀들은 다른 요원들의 안내에 따라 움직였다. 그리고 비좁은 컨테이너 사이를 지나가 미리 준비해둔 컨테이너로 들어가기 시작했다.

안에는 WJ이라고 새겨진 중금속제품들이 먼저 실려 있었다. 원진중공업에서 월드세이프펀드를 통해 천익에게 제공해준 컨테이너였다. 그밖에 러시아 블라디보스토크까지 이동 간에 먹을 식량도 비치되어 있었다.

남녀들은 숨을 죽이고 그곳으로 들어가 앉았다. 민주식이 컨테이너 입구로 복면 쓴 얼굴을 내밀었다. 그건 다른 요원들도 마찬가지였다.

"너희들은 대한민국의 미래를 위해 잠시 동안만 떠나있는 것이다. 그러니 지금의 상황을 가슴 속에 새기고 조용히 기다리도록."

그 물음에 다들 고개만 끄덕였다. 오랫동안 비밀부지에서 교육을 받아온 덕분이었다.

동시에 민주식은 컨테이너 문을 닫았다.

"모두 이탈을 완료하면 CCTV를 되돌려라."

"알겠습니다. 대장님."

다시 지시가 떨어지자 주변에 있던 10여 명의 요원들은 지정된 장소로 움직였다.

모두 사라진 것을 본 민주식은 다시 차량에 올라타 부산 항만을 빠져나갔다. 이번에도 세관 입구에서는 차량에 대한 상세한 검사를 하지 않고 내보냈다.

아침이 되고 부산항만은 바빠졌다. 컨테이너 크레인은 정신없이 화물선으로 물건들을 실어 날랐다. 멀리서 그 광경을 지켜보던 이들이 있었다.

운전기사였던 민주식이 항만 인근건물 옥상에서 부하들과 상황을 확인하고 있었다.

"곧 있으면 저희 화물도 실릴 겁니다."

망원경으로 지켜보던 이들이 보고하자 민주식은 여전히 긴장을 풀지 않았다.

"문제없이 실리는지 계속 지켜보도록."

시간은 계속 지나갔다. 그러다 컨테이너들이 하나둘씩 실리다가 사람들을 숨겨놓은 곳으로 가까워졌다.

거의 막바지 화물이기 때문에 그것만 실리면 출하가 완료될 상황이었다. 그 광경에 민주식은 문제가 없을 것이라고 판단하던 중이었다.

"대장님. 부산세관이 어수선해졌다는 연락입니다."

"뭐? 무슨 일인데?"

상황무전을 담당하고 있던 요원이 추가적인 연락을 받고서 말을 이어갔다.

"관세본부에서 감찰팀이 떴다고 합니다. 이유는 파악 중인데 선적 중인 상황을 모두 멈추라고 했답니다."

"그게 무슨 소리야? 빨리 어떻게 된 상황인지 확인부터 해보라고 해!"

갑자기 임무에 차질이 생기자 민주식은 다급해질 수밖에 없었다. 그러던 중에 항만입구 쪽을 감시 중이던 요원에게서도 보고가 들어왔다.

"입구 상황이 심상치 않습니다."

"거긴 무슨 일인데?"

민주식은 곧장 그가 보던 망원경을 빼앗아 확인했다.

입구 쪽은 검은 정장차림의 사내들이 세관직원들을 내보내고 있었다. 세관업무 중에 그런 상황을 만들 사람은 흔치 않았다.

"설마 관세본부 감찰팀이란 녀석들이 항만까지 조사하는 것인가?"

그 뒤로 민주식의 시선이 컨테이너 크레인으로 향했다. 방금 전까지 바쁘게 컨테이너를 나르던 크레인은 무전의 내용처럼 동작을 멈추고 있었다.

항만입구 쪽은 여전히 정신이 없었다. 계속 입구를 주시하던 민주식은 더 많은 사람들이 항만으로 들어오는 것을 보았다.

우우우우—! 우우우우웅!

이번에는 무전이 아닌 핸드폰으로 연락이 왔다. 부산본부 세관 안에서 무전기를 쓰면 이상해 보이니 그쪽으로 연락해온 것이다.

"세관에서 무슨 일이 생긴 거야?"

핸드폰 화면을 확인한 민주식의 목소리가 묵직했다.

—부산본부 세관으로 뇌물수수혐의 감찰을 나왔답니다. 세관장까지 걸린 것 같습니다. 그 이유 때문에 선적한 화물까지 다시 검사를 시행한다고 합니다.

"뭐—! 그게 무슨 개소리야!"

민주식은 소리를 지르며 방금 전에 입구로 들어온 사람들을 확인했다. 보고대로 관세청 감찰팀 직원들이 서류를 토대로 화물들을 검사하고 있었다.

"젠장!"

"어떻게 할까요? 우리 화물을 선적하기 직전이라 곧 있으면 검사를 할 겁니다."

부하의 다급한 물음에 민주식의 머릿속은 복잡해졌다. 그사이에도 감찰팀의 컨테이너 검사는 계속 이어지고 있었다.

관세본부 감찰팀도 유도리가 있으니 출하순서에 따라 검사했다. 그들이 컨테이너를 하나씩 넘어갈 때마다 민주식의 심장도 철렁거렸다.

"당장 숨어 있는 녀석들에게 연락해서 2조는 시야 차단과 감찰팀과 경비팀의 시선을 끌고, 3조는 물건들을 대피시킨다. 그리고 너희들 1조는 퇴로를 확보해라."

"알겠습니다. 대장님."

옥상에 있던 민주식의 부하들은 동료들에게 연락을 넣으며 밑으로 내려갔다. 혼자 남게 된 민주식은 상황을 마저 파악하기 위해 망원경을 들었다.

본부세관 감찰팀 황제규는 인상을 잔뜩 찡그리면서 컨테이너들을 확인하고 있었다. 갑작스럽게 상부에서 내려온 감찰시행 서류 때문에 며칠을 고생해야 하기 때문이다.

"이렇게 많은 컨테이너들을 언제 확인하라는 거야!"

"그냥 조용히 확인하세요. 이번에 저희 본부에서도 줄줄이 걸려 들어가지 않았습니까."

황제규의 투덜거림에 부하인 정한수도 짜증이 났다. 웬만하면 대충 검사하고 넘겼겠지만 방금 전 그가 말한 것처럼 상부관료들도 뇌물수수로 검찰에 잡혀 들어가 그럴 수가 없었다.

"미치겠네. 진짜 미치겠어!"

"그냥 빨리 하도록 하죠. 오늘자로 출하 나갈 컨테이너만이라도 끝내려면 시간이 부족합니다."

"알았다! 알았어! 따로 확인할 테니까. 서류나 내놔."

정한수는 오늘 출하 나갈 컨테이너 서류 절반을 그에게 넘겨주었다.

"야! 이거 반 넘는 것 아니야?"

"대충 보십시오. 오늘만 볼 것도 아닌데 왜 자꾸 그러십니까?"

"쳇—!"

불만 가득한 정한수의 목소리에 황제규는 열쇠를 챙긴 항만직원들을 데리고 이동했다. 그리고 출하순서에 맞춰 컨테이너를 하나하나 확인해갔다.

타다다다닥!

그때 낡은 옷차림의 사내들이 컨테이너 사이에서 뛰어나왔다.

"어라? 저건 뭡니까!"

그걸 발견한 황제규는 항만직원들에게 물었다.

"노숙자인 것 같은데요? 가끔 방치된 컨테이너에서 생활하다가 총 점검 때마다 걸리거든요. 일단 경비팀에게 무전을 넣겠습니다."

노숙자로 보이는 사내는 다른 항만직원에게 이미 쫓기고 있었다. 그러다 다른 노숙자들까지 뛰쳐나오면서 경비대까지 출동하여 난리가 일어났다.

팍—!

"이제 뭔 일…? 컥!"

난리법석인 와중에 황제규는 자신의 뒤쪽에서 달려온 노숙자와 부딪쳤다. 그가 손에 들고 있던 서류는 바닥으로 떨어지고 말았다. 동시에 바닥을 구르던 노숙자는 서류의 일부분을 챙겨들고서 다시 뛰었다.

사실 노숙자가 아니기 때문이다.

그들은 민주식의 지시에 따라 항만직원들과 경비대의 시선을 잔뜩 끌고 있었다. 어차피 경비대는 위험요소가 보이지 않는 노숙자들을 과잉진압하기 힘들었다.

어떻게든 잡아서 항만 밖으로 내쫓거나 경찰에 넘기는 일이 전부였다.

"도대체 이게 무슨 일이야."

허리를 부여잡고 일어나 황제규는 제대로 확인하지 못한 서류가 난장이 된 것을 보았다.

"괜찮으십니까?"

옆으로 같이 넘어진 항만직원도 일어나 그를 부축하며 미간을 찌푸렸다. 가끔씩 일어나던 일이지만 오늘은 상황이 유독 심했다.

"정말 죽겠네요. 그보다 경비대는 빨리 안 잡고 뭐합니까?"

"보통은 웬만큼 달리고서 잡히는데 이번에는 좀 심하네요. 그래도 곧 있으면 수습될 겁니다."

노숙자로 위장한 천익의 요원들은 각자 감찰팀과 부딪쳐 넘어졌다. 그리고 서류를 엉망으로 만들며 몇 장을 챙겨 자신들의 컨테이너와 반대쪽 방향으로 달리고 있었다.

경비대와 항만직원들은 당연히 그런 노숙자들을 따라 갈 수밖에 없었다.

그사이 해당 컨테이너 근처로 숨어 있던 요원들이 슬금 슬금 기어 나왔다. 요원들은 주변을 살핀 뒤에 컨테이너 열쇠를 꺼내들었다.

철컥! 철컥!

"빨리 열어!"

망을 보던 다른 요원이 열쇠뭉치와 씨름 중인 그를 재촉 했다.

"자물쇠가 안 열려!"

"뭐?"

대형자물쇠에 열쇠를 넣고 돌리던 사내는 난감한 기색을 보이다가 눈이 크게 떠졌다.

"됐다! 새 자물쇠라서 뻑뻑했나봐."

"그럼 빨리 열어! 녀석들이 최대한 시간을 끌고 있지만 얼마 못 버텨!"

덜컹! 끼이이익!

끝내 컨테이너 문이 열리더니 캄캄한 내부가 드러났다. 그리고 숨죽이고 있던 남녀들이 원진중공업의 박스 사이

에서 조심스럽게 얼굴을 내밀었다.

"상황이 좋지 못하다. 다음을 기약할 것이니 우리를 따라오도록 해라."

요원들은 노숙자처럼 보이기 위해 복면으로 얼굴을 가리지도 못했다. 그만큼 어쩌지 못할 상황이었다. 그들의 지시에 남녀들은 조심스럽게 컨테이너에서 나와 요원들을 따라나섰다.

사방은 겹겹이 쌓인 컨테이너로 가려져 쉽게 눈에 띄지 않았다. 거기다 CCTV까지 마비시켜 놔서 이대로만 빠져나가면 문제는 없었다.

"퇴로가 확보되었는지 확인해봐."

선두로 나아가던 요원이 뒤로 지시를 내렸다. 그러자 한 요원이 무전기를 들어올렸다.

치지지지직—! 치지지지—!

어떻게 된 영문인지 무전기가 말을 듣지 않았다. 그 탓에 요원은 난감해하며 선두에서 지시를 내린 요원을 향해 말했다.

"제대로 작동을 하지 않아."

"뭐? 제대로 돌아가는 일이 하나도 없군. 일단 탈출지점으로 이동한다."

노숙자로 위장한 것이기 때문에 핸드폰도 챙기지 않았다. 반면에 무전기는 언제든 파기할 수 있도록 초소형으로 귀에 꽂고 있었다.

유일한 연락방법이 먹통이 되자 궁지에 몰린 상황에서 다른 선택지는 없었다. 시선을 끄는 요원들도 거의 한계에 다다랐을 것이니 빠른 결정을 내려야 했다.

결국 그들은 남녀를 이끌고 탈출지점으로 걸어갔다. 그러다 뒤쪽에서 낯선 외침을 듣게 되었다.

"거기 뭐야!"

어찌 된 영문인지 항만경비대원들이 그쪽을 지나가고 있었던 것이다.

"젠장! 들켰다! 후방인원이 막도록!"

지시가 떨어짐과 동시에 요원들은 우뚝 서서 길부터 막았다. 그 틈에 선두는 남녀들을 이끌고 탈출지점으로 가는 최단거리로 들어섰다.

일직선으로 뻗은 컨테이너사이만 지나가면 되었다.

예정대로라면 탈출조가 철조망에 구멍을 뚫은 후에 급조한 차량을 대기시켜놨을 것이다. 선두에 선 요원은 점점 가까워지던 길 끝을 보다가 급히 멈춰 설 수밖에 없었다.

"체크메이트."

차준혁은 모이라이 정보팀에서 정신없어진 부산항만

CCTV를 보며 중얼거렸다. 화면 속에서는 멀쩡한 철조망 앞으로 선 천익의 요원과 남녀들이 항만경비대에게 포위되어 있었다.

이지후를 통해 CCTV가 마비된 것처럼 꾸몄고, 그들의 무전기주파수를 해킹해 일시적으로 통신이 불가능하도록 만들었다. 모든 상황은 차준혁이 꾸민 것이다.

"녀석들이 사람들을 버리고 도망을 가는데?"

옆에서 CCTV를 같이 보던 이지후가 큰일이 난 것처럼 외쳤다.

"항만경비대만으로는 어차피 잡지 못해. 그리고 사람들은 들켜봤자 자신들까지 닿지 못할 것을 알고 도망치는 걸 거야."

노숙자로 위장한 천익의 요원들은 항만경비대를 뚫고서 컨테이너 사이로 사라져버렸다. 철저한 훈련으로 단련된 요원들이니 단신으로 도망치면 쉽게 잡을 수가 없었다. 지금쯤이면 시선교란을 맡았던 요원들도 모조리 빠져나갔을 것이 확실했다.

"그럼 녀석들을 도망가게 그냥 둘 거야?"

"잡아봤자 무슨 죄목으로 잡아넣겠어."

노숙자로 위장한 요원들은 신분이 알려질 만한 그 어떤 것도 지니지 않았을 것이다. 거기다 신분불명의 남녀들에게서 그들을 몰아넣을 증언도 확보하기가 힘들었다.

현재 은가람 복지재단에서 보호 중인 청소년들도 침묵을 지키고 있으니 말이다. 그만큼 천익에서 철저한 교육과 세뇌를 받았단 증거였다.

결국 천익의 요원들을 잡아봤자 불법침입에 관한 죄목으로 훈방처리 되거나 기껏해야 벌금형만 있을 뿐이었다.

"그보다 자연스럽게 몰아넣다니… 어떻게 생각해낸 거예요?"

신지연도 지금까지의 광경을 두 사람과 같이 보고 있었다. 그리고 딱히 한 것도 없이 천익의 요원들을 몰아넣는 것을 보고 놀랄 수밖에 없었다.

"세관이야 자잘한 밀수입시키는 일들이 있으니까요. 당연히 털어서 먼지가 나오지 않을 리가 없죠."

"그럼 순찰은요? 천익에서 시선을 끌어서 몰아갔잖아요."

그녀의 말처럼 대부분의 항만경비대는 노숙자로 위장한 요원들을 쫓아갔다. 작전대로였다면 천익에서는 남녀들을 무사히 탈출시킬 수 있었다.

"경비대 무전으로 지시만 내려주면 되죠. 결과는 좋게 끝났으니 문제될 일도 없고요. 거기다 탈출예상 지점으로는 공사 중으로 통로를 차단시켜놨으니 녀석들도 손을 쓰지 못했죠."

차준혁은 표면적으로 티가 나지 않도록 모든 시나리오를

242

짜서 움직이게 만들었다. 그중에 무전주파수만 해킹해서 교란시킨 일만 IIS에서 실행한 것이다.

"이제 녀석들이 어떻게 나올까?"

그런 설명에 이지후는 앞으로 천익의 행동이 궁금해져서 물었다.

"일단 흔적부터 지우려고 하겠지. 그리고 김태선의 일에만 몰두할 거야. 천익에게는 그 일이 최종 목적이니까."

"우리는 그럼 김태선을 노리는 건가요?"

옆에 있던 신지연도 의문을 가졌다.

"앞으로 그래야 하겠지만 쉽지는 않아요. 지연 씨도 알고 계시잖아요. 김태선이 얼마나 신뢰를 쌓아놨는지를 말이에요."

현재 김태선은 누구보다 청렴하고 투명한 차기대권주자로 알려져 있었다. 그의 확실한 비리가 드러나지 않는 이상 국민들의 옹호가 벽이 된다.

차준혁으로서는 그를 무너뜨릴 확실한 증거가 필요했다. 지금까지 모아온 간접적인 증거나 정황이 아닌 인생을 끝장낼 만한 증거가 말이다.

"그럼 천근초위부터 노리겠다는 거네?"

이지후도 지금까지의 상황을 잘 알기에 김태선의 방패막이자 자금줄인 천근초위를 떠올릴 수 있었다. 물론 차준혁도 그의 대답과 생각이 같았다.

"가능하다면 같이 노려야지. 그리고 골드라인은 서로 물고 뜯어서 자기 밥그릇만 지키기 바쁘니까 말이야."

처음 목표였던 골드라인은 모이라이 때문에 입었던 사업적인 피해와 서로의 약점을 노렸던 대가를 톡톡히 치르는 중이었다.

다만 해명그룹만이 피해를 덜 받아 천익과 손을 잡은 상태였다. 거기다 그쪽에서는 천근초위의 존재를 모르니 철저하게 이용당할 것이 분명했다.

"아, 해명그룹에서 천익의 기업들을 이용한 주식은 어떻게 할까? 저번에 한 번 털고 난 후에 다시 모으는 중인데 말이야."

지난번에 주식을 털 때에는 해명그룹이 입은 피해가 수백억 원이었다. 이번에는 그때보다 배나 더 많은 주식이 모였기에 이지후가 또 주식을 움직여준다면 엄청난 손실이 생길 것이다.

"얼마나 모았어?"

"평균 27.4%야."

지난번보다 3.4% 정도 높은 수치였다. 물론 모든 기업들의 주식을 비슷한 정도 매집하기는 힘들었다. 상당한 우량기업이 있는 반면에 중소기업들의 비중이 커서 고하의 폭이 클 수밖에 없었다.

이지후는 그렇게 대답을 하며 계속 말을 이어 나갔다.

"참고로 그쪽에서 매수와 매각을 반복하는 통에 우리쪽 손실도 만만치 않아. 페이퍼컴퍼니로 보관해둔 네 돈을 20%나 썼다."

차준혁의 재산은 표면적으로 공식적인 모이라이의 주식과 월급누적 금액이 전부였다. 그뿐만이 아니었다. 각 계열사들은 일부러 상장하지 않거나 폐지시켜 순수하게 회사 자산으로만 돌아가게 만들었다.

당연히 비상장주식은 기업자산으로 모조리 들어가 독자적인 사업체가 되었다. 사업실패로 무너지지 않는 이상 어떤 기업에서도 모이라이의 계열사를 흔들 수가 없었다.

"상관없잖아. 쌓아둬봤자 쓰지도 않는 걸."

"참 욕심도 없는 자식이야. 지연 씨는 저 자식이 이러는 게 좋아요?"

반면에 신지연은 차준혁의 비공식자산이 얼마나 되는지 몰랐다.

"20%가 얼마나 되는데 그래요?"

"대략 4조쯤 될 걸요."

모이라이는 지금까지 세운 계열사들로 엄청난 수익을 얻었다. 그중에 일부분은 재투자의 개념으로 분산되어 페이퍼컴퍼니로 흘러들어갔다.

예전에는 세계 각지로 나눠진 페이퍼컴퍼니들이 현재 콩고로 옮겨져 울린지 사업과 연관되었다. 거기서 생기는 수

입도 엄청나다보니 자금은 계속 불어날 수밖에 없었다.

"……."

너무 놀란 신지연은 입을 열지 못했다.

천익의 기업은 125개나 되었다. 그만한 수의 기업주식을 평균 27.4%나 보유하려면 상당한 금액이 들어갈 수밖에 없었다. 오히려 이지후였기에 그나마 4조 정도에서 그친 것이다.

"사라진 것도 아니잖아."

허공에 뿌린 것도 아니고 주식을 사들인 것이니 차준혁의 입장에서는 문제가 없었다.

"맞아. 그리고 저번에 주식을 한 번 털면서 1,100억은 이득을 봤으니 실질적으로 들어간 돈은 대략 3조 8천9백억이네."

조용히 있던 신지연은 두 사람의 대화가 몇 번이나 더 오가고서야 입을 열 수 있었다.

"그 정도나 재산이 많았어요? 잠깐 20%가 그 정도면 준혁 씨의 총 재산은 얼마나 되는 거예요?"

"얼마였지?"

차준혁도 돈이 들어간다는 것만 알았지 전부 얼마인지 파악하지 못했다. 그래서 자산을 관리해주는 이후를 보며 물었다.

"20조는 되었을 걸. 지금은 16조 정도?"

회사를 세운지 이제 3년 정도밖에 되지 않았다. 그럼에도 차준혁 개인이 축적한 자산은 어마어마했다. 물론 천익이나 다른 대기업이 가진 자산에 비해서는 새 발의 피였지만 사업을 시작한 기간만 본다면 엄청난 속도였다.

"흠… 아직 그 정도밖에 안 되었나?"

반면에 차준혁은 그런 액수를 듣고도 대수롭지 않았다. 오히려 아직 부족하다고 생각하며 살짝 탄식을 흘렸다.

"하여간 저 녀석은 대단한 걸 몰라."

"정말… 엄청나네요."

"월급도 다 쓰지 못하는 걸요. 그리고 필요할 때마다 회사로 쓰일 돈이에요."

차준혁의 설명에 이지후가 옆에서 혀를 찼다.

"굳이 네 돈이 아니더라도 회사는 자체수익만으로도 잘 돌아간다."

"시끄럽고 요즘 주가상황 좀 화면에 띄워봐."

투덜거리기 시작한 이지후는 자판을 두드렸다. 올 서치 프로그램이 가동되며 그동안 매집한 주식의 현황과 변동폭이 상세하게 나왔다.

"저번이랑 상황이 조금 달라. 특정 기업의 주식들을 위주로 상승폭을 그리고 있어."

그의 설명에 차준혁은 화면으로 가까이 다가섰다.

125개의 기업 중에 75개의 기업 그래프가 천천히 상한

가를 그리고 있었다. 그 폭은 크지도 않아서 일반사람들에게는 문제가 없는 듯이 보였다.

"이 기업들에 관한 자료는 있어?"

"찾아봤지. 그리고 천익의 정보에도 있던데 같이 띄워 줘?"

"그래."

대답과 함께 이지후는 열심히 자판을 두드려댔다. 다른 화면으로 방금 전에 말한 기업들의 정보가 올라오며 차준혁의 눈동자가 빠르게 움직였다.

"이거 죄다 부실기업들이잖아?"

지난번에는 주식에 대해서만 생각을 하느라 미처 발견하지 못했던 정보들이었다.

"계속 상승폭이야. 그리고 이런 정보들도 있던데 확인해 보니 말도 안 돼."

이지후는 화면 중 일부분을 바꿨다. 그곳에는 부실기업 75개들의 사업개발 정보가 들어 있었다.

"말이 안 된다니 무슨 말이야?"

부실한 중소기업들의 제품개발 정도였다. 아무리 차준혁이라도 그런 전문적인 기술 분야까지 전부 알 수 없기에 물어보았다.

"이론적으로만 가능하고 개발이 불가능한 기술들이야. 그리고 합병한다는 기업도 있지만 도토리 키 재기도 아니

고 거기서 거기인 기업끼리 합쳐서 뭐 하겠어."

"일단 주가상승 폭만 막고 있어봐."

"안 털고? 이대로 가면 주식이 휴지조각이 될 거야."

부실기업이 황당한 사업개발을 추진한다는 정보였다. 그러나 일반사람들이 보기에는 혹할 수 있었다. 간혹 신규 사업이나 특허로 기업이 급부상하는 경우가 있으니 사람들에게는 희망으로 보이게 된다. 반면에 차준혁은 지금까지 그의 설명을 들으면서 불길한 예감이 들었다.

"녀석들이 사기를 치려는 것일 수도 있어."

"사기라니? 이런 말도 안 되는 정보로?"

"준혁 씨. 그게 무슨 말이에요?"

두 사람은 차준혁의 말을 이해하지 못하고 화면만 뚫어지게 쳐다봤다.

"주가를 뻥튀기하려는 속셈인 것 같아요."

"어떻게? 설마 저 정보들을 가지고?"

"가능한 일이에요?"

"구설수로도 오르락내리락 하는 것이 주식이니까요. 아무튼 지후는 기술개발에 대해서 확실하게 알아봐줘. 정확한 자문을 구해도 좋고 말이야."

차준혁은 지난번과 다르다고 판단한 주식현황을 보며 계책을 떠올렸다.

부산항만에서 경찰로 넘겨진 117명의 남녀들은 서울중앙지검으로 이송되었다. 그러나 다들 묵비권을 행사하며 입을 꾹 다물고 있을 뿐이었다.

유태진 부장검사는 직접 그들의 심문을 맡았다. 일단 항만으로 불법 침입하여 버스에서 발견된 미성년들과 달리 심문이 가능했다.

"말씀을 해보세요. 대체 왜 항만에 있던 겁니까? 그리고 모두 같은 옷을 입고 있던데 무슨 이유에서입니까?"

똑같은 질문이 몇 번이고 던져졌지만 그들은 침묵만 지키고 있었다.

"……."

"미치겠군."

그들은 주민번호나 이름도 말하지 않았다.

"이봐요! 백기동 씨!"

하지만 유태진은 그의 이름을 알았다. 책상에는 백기동이란 이름의 해외입양서류가 놓여 있었다. 그건 은가람 복지재단을 통해서 들어온 입양자료였다. 지난번과 마찬가지로 입양되었다가 실종된 사람으로 처리되어 중앙지검으로 이송된 것이다.

쾅!

끝내 유태진은 조사실 문을 세게 닫으며 사무실로 돌아왔다. 그 모습에 자료를 확인하던 조해성은 짐작이 가는지 조심스러웠다.

"왜 그러십니까? 혹시 이번에도 말하지 않습니까?"

"완전 독종들이야. 어디서 교육이라도 받고 왔나!"

"혹시 사이비 종교가 아닐까요?"

농담처럼 내던진 조해성의 의문에 유태진은 혹시나 하는 생각까지 했다. 그만큼 사건에 진척이 없다보니 답답하기 때문이다.

"차라리 그랬으면 좋겠다."

"이대로 진척이 없으면 어떻게 합니까? 저들이 지은 죄라고는 불법침입밖에 없으니 말입니다."

입양절차가 잘못된 것을 그들에게 물을 수는 없었다. 분명히 그것만 따져도 누군가 배후에 있다는 것임에도 다들 말하지 않으니 알지도 못했다.

"나도 정말 모르겠다. 근데 항만 CCTV는 언제 도착하는 거야?"

"김정훈 사무관이 수거해서 가져올 겁니다."

천익에서 마비시킨 줄 알았던 CCTV는 이지후의 솜씨로 온전히 남았다. 물론 상황 당시에는 항만에서도 CCTV가 고장 난 것이라고 생각했다.

하지만 기록이 남았다는 것을 김정훈 사무관이 찾아내었

다. 그것만 지검으로 가져온다면 117명의 남녀들이 어디서 나타난 것인지 알아낼 수 있었다.

"다시 연락해서 언제쯤 도착하는지 알아봐."

띠리리리! 띠리리리!

내선전화가 울리자 한숨을 내쉬던 유태진은 급히 받아들었다. 서울중앙지검 조성우 검사장의 호출이었다.

"나 좀 다녀온다."

"알겠습니다."

검사장 사무실로 도착한 유태진은 안으로 들어가 앉았다. 심각한 분위기에 바로 입을 열지 못하고 잠시 기다렸다.

"상황은 어찌 되고 있나? 듣기로는 정체된 상태라고 하던데 말이야."

"당사자들에게는 알아낸 것이 없지만, 일단 사무관이 CCTV만 가져오면 좀 풀릴 것 같습니다."

"…그런가? 조금은 다행이군."

조성우는 살짝 뜸을 들여 대답을 하다가 다시 말을 이어 나갔다.

"헌데… 사건화 시키기에는 부족하지 않겠나."

"저도 그런 생각을 하긴 했습니다. 하지만 입양처리된 사람들이 무려 315명입니다. 분명히 저희가 생각하지 못

 252

하는 배후의 음모가 있을 겁니다."

이 사건을 담당하게 된 유태진은 점점 파볼수록 의문만 커져갔다. 짐작되는 것이 없었지만 어떻게든 밝혀낼 의지를 가지고 있었다.

"자네의 의욕을 칭찬하고 싶지만… 아무런 결과도 얻지 못할 수도 있네. 냉정하게 판단한다면 추측만 될 뿐이지 아무런 증거도 없지 않은가."

"저도 그건 압니다."

부정하고 싶지만 그럴 수 없는 것도 사실이었다. 중앙입양원에서의 서류에서도 문제가 없으니 법률적으로 이번 117명의 사람들을 오래 붙잡아놓을 수가 없었다.

결국 아무런 결과도 없이 사건이 결말난다면 특수부만 욕먹을 수 있었다. 조성우 검사장은 자칫 그렇게 될까봐 걱정해준 것이다.

"우려하실 만큼의 일이 생기지 않도록 하겠습니다."

"부탁하네."

그가 사무실을 나서자 혼자 남게 된 조성우는 자신의 책상서랍을 열었다. 평소에 사용하는 핸드폰이 아닌 다른 핸드폰이 들어 있었다.

띠이—!

조성우는 핸드폰을 꺼내들어 1번 단축키를 눌렀다.

—말씀하시죠.

수화기 너머로 홍주원의 목소리가 들려왔다.

"항만에 CCTV가 남았다는 것을 알고 계십니까?"

─무슨 말입니까? 그런 흔적은 남기지 않았을 겁니다.

"사무관이 지금 부산에서 가져오고 있답니다. 대체 일을 어떻게 처리한 겁니까?"

따지는 듯이 묻는 말에 홍주원은 잠시 대답이 없었다. 순간 곰곰이 생각에 잠긴 것 같았다.

"말씀을 좀 해보십시오. CCTV가 지검으로 넘어오면 손을 쓸 수 없단 말입니다."

─저희가 알아서 처리하도록 하죠. 검사장께서는 그자의 위치만 알려주십시오.

"깔끔하고 확실하게 처리해야 합니다."

불과 1분 전까지 느슨하던 조성우의 눈빛이 날카로워졌다. 그도 결국은 천익의 사람이었다.

─걱정하지 마시죠. 그의 위치만 최대한 빨리 부탁드립니다.

통화를 끝낸 조성우 검사장은 자신의 아들인 조해성에게 전화를 걸어 김정훈 사무관의 위치를 물었다.

한 치 앞까지 내다봐야 한다

밤이 깊은 새벽시간이었다.

김정훈은 부산에서부터 5시간 정도를 달려 선암IC로 빠져나왔다. 그리고 곧장 우면산 터널로 들어섰다. 터널만 통과하면 서울지검까지 얼마 남지 않는다.

"더럽게 피곤하네."

양산에서 부산까지 김정훈은 며칠 동안 정신없이 돌아다니면서 사건을 조사했다. 딱히 수확은 없었지만 이번만큼은 괜찮을 것이라 생각하고 있었다. CCTV를 전부 확인하지는 않았지만 정체불명의 남녀들이 어디서 나타난 것인지 분명 찍혀 있을 것이기 때문이다.

약 2.5km의 터널은 어느새 끝을 보였다. 이제 서초3동 사거리만 지나 1.5km 정도만 더 가면 되었다.

사거리 신호등에 걸려 서 있던 김정훈은 한적한 도로를 보며 담배를 하나 꺼내 물었다. 차의 창문이 열리면서 연기가 한가득 뿜어져 나왔다.

스윽…….

그사이 김정훈은 바뀔 신호등을 기다리며 뒷좌석에 실린 테이프들을 보았다. 항만 CCTV가 워낙 구식이라 VTR테이프로 저장되어 있었다. 거기다 모든 구역의 CCTV테이프를 챙겨온 것이라 박스 한가득이었다.

"아…! 언제 바뀌었지?"

시선을 돌리고 있던 김정훈은 다시 액셀을 밟았다. 교차로를 가로지르던 차량은 얼마 가지 못하고 멈춰 섰다.

"차가 왜 이래? 어……?"

그 순간 우측도로에서 1톤 트럭 한 대가 달려왔다.

쾅—!

트럭은 김정훈의 차를 들이받듯이 달려들다가 갑자기 방향을 틀었다. 옆으로 차량이 돌면서 가로등을 들이받았다. 바짝 타는 듯했던 긴장감이 순식간에 풀어졌다. 담배를 물고 있던 김정훈은 어찌 된 상황인지 몰라 차문을 열고 내렸다.

"뭐, 뭐지……?"

그때 트럭운전석에서 모자를 푹 눌러쓴 사내 하나가 비틀거리면서 내려왔다. 상황을 판단하지 못한 김정훈은 사고라고 생각하며 그에게 다가가려 했다. 사내가 오히려 천천히 걸음을 옮기더니 품속에서 뭔가를 꺼냈다.

"저기 괜찮으… 헉!"

교차로를 비추는 가로등 불빛 아래에서 사내가 칼을 꺼내들었다. 깜짝 놀란 김정훈은 급히 뒤로 물러났다. 그 모습에 사내는 비틀거리던 자세를 다잡고 달려들었다.

촤악―!

하지만 사고의 충격으로 중심이 제대로 잡히지 못했다. 결국 김정훈의 팔만 스치며 옆으로 지나쳤다.

"왜, 왜 이러는 거야!"

너무 놀란 탓에 김정훈은 주저앉아버린 몸을 급히 일으켰다. 그리고 뒤도 돌아보지 않고 달렸다.

100m쯤 달렸을까. 정신이 없던 김정훈의 뇌리에 뒷좌석에 실어놓은 테이프가 떠올랐다.

"설마 내가 가져온 테이프를 노리고?"

급히 멈춰 선 김정훈은 고개를 돌렸다. 그런데 방금 전까지 따라오던 사내의 모습이 보이지 않았다.

"…응?"

이상함을 느낀 김정훈은 천천히 자신의 차량으로 다가갔다.

"어딜 간 거지?"

방금 전까지 칼부림을 하던 사내가 사라져 있었다.

텅 빈 도로 한쪽에서 가로등을 박은 트럭이 연기만 내뿜을 뿐이었다.

배진수와 김욱현이 사거리 근처 뒷골목에서 두리번거리는 김정훈 지켜보고 있었다.

"역시 CCTV테이프를 가져오던 사무관을 노렸네요."

김욱현은 그렇게 말하며 바닥에 내려놓은 사내를 쳐다봤다. 방금 전에 조용히 기절시켜 데려온 것이다.

"그러게 말이다. 조성우 검사장과 조해성을 미리 마크하고 있지 않았으면 날아갈 뻔했어."

CCTV테이프는 사소해보여도 천익의 흔적과 연결될 중요한 증거였다. 그래서 겉으로 문제가 없도록 중앙지검 특수부에서 발견할 수 있게 만들었다.

IIS는 그런 증거를 떠나 천익의 사람으로 의심된 두 사람을 감시해왔다. 그러다 예전에 박원준을 도청했던 방식으로 이번 계획에 대해서 들을 수 있었다.

"겉으로는 누구보다 깨끗한 척을 하더니 완전 더러운 놈이더군요."

도청내용을 같이 확인했던 김욱현은 조성우, 조해성 부자의 이중적인 모습을 알게 되었다. 당연히 혀를 내두를

수밖에 없었기에 잔뜩 질렸다.

치직—!

—여기는 MAD One. 경찰이 오고 있습니다. 도로를 막고 있던 천익의 요원들도 빠져나간 것 같습니다.

무전기로 저격을 맡고 있던 유강수의 목소리가 흘러나왔다. 아무리 한적한 도로라도 서울 한복판에서 차량이 1대도 지나가지 않을 리가 없었다. 당연히 작전을 세운 천익에서 김정훈 사무관을 기다리며 도로를 봉쇄하고 있었다. 물론 멀쩡히 달리던 트럭이 회전한 것은 유강수가 저격으로 바퀴를 맞추었기 때문이다.

"상황을 정리하도록. 마무리는 우리가 맡겠다."

—Roger.

무전이 끊기자 옆에 서 있던 김욱현은 바닥으로 내려놨던 천익의 요원을 들쳐 멨다. 경찰이나 검찰한테 보내면 좋겠지만 IIS의 흔적도 드러날지 모르니 증거만 온전히 넘어가도록 만들 필요가 있었다.

"우리도 가자."

"트럭은 어떻게 합니까?"

"어차피 도난차량이거나 대포차겠지."

천익이라면 자신들의 증거를 쉽게 남기지 않을 것이 분명했다. 그런 김욱현의 의문에 배진수는 자신 있게 대답할 수 있었다.

"하긴… 증거인멸하려고 사고를 일으키려 했으니 그럴 만도 하겠네요."

"우리는 빨리 돌아가도록 하자."

둘은 좁은 주택가 골목을 통해서 외곽에 세워둔 자신들의 차로 향했다.

쾅—!

"김정훈 사무관이 노려졌다는 말이 뭐야!"

집에서 자고 있던 유태진은 갑작스런 연락을 받고 지검으로 들어왔다. 사무실에서는 김정훈이 팔에 붕대를 감으며 앉아 있었다.

"부장검사님."

"어떻게 된 거야? 몸은 괜찮은 거야?"

"팔만 좀 다쳤습니다. 그보다 아침에 보시면 될 텐데. 왜 이 시간에 나오셨습니까?"

"제가 연락했습니다."

서류를 살피던 고진봉 검사가 말했다.

"안 그러셔도 되는데……."

"뭐가 아닌가. 많이 다친 거야?"

"조금 스친 것뿐입니다."

김정훈은 피로 물들어가는 붕대를 툭툭 건드리며 아무렇지 않게 말했다.

"대체 어떻게 된 상황이야?"

아직 설명을 듣지 못한 유태진은 두 사람을 번갈아 쳐다보며 물었다. 그러자 김정훈은 뒷머리를 벅벅 긁다가 천천히 입을 열었다.

"지검 앞 서초동 사거리에서 트럭으로 저를 노렸습니다. 거기다 칼부림까지 하더군요."

"트럭? 칼부림? 어떤 미친 새끼가!"

유태진은 멱살부터 잡을 기세였다. 이에 김정훈은 한숨과 함께 뒷머리만 긁어댔다.

"갑자기 사라졌습니다."

"사라져?"

"저도 어떻게 된 영문인지 모르겠습니다. 일단 고 검사님이 차량 조회를 요청해줬습니다."

띠리리리리! 띠리리리!

마침 차량조회 결과가 전화로 전해졌다. 통화를 마친 고진봉은 한숨부터 흘리며 그들을 쳐다봤다.

"도난차량이랍니다."

"도로CCTV는 뒤져봤나?"

어떻게든 흔적을 찾으려던 유태진이 눈에 불을 켜며 물었다.

"사건시각 1시간 전부터 죄다 고장이랍니다. 지금 상황으로는 피의자가 없어서 어쩔 수도 없겠네요."

정작 중요한 범인이 사라진 상태였다. 아무리 검찰이라도 기소할 사람도 없이 사건을 진행시킬 수는 없었다.

"미쳐버리겠군."

"부장검사님. 제가 보기에 그 녀석은 CCTV테이프를 노린 것 같습니다."

잠시 침묵을 지키고 있던 김정훈은 차에서 가져온 박스를 가리켰다. 그동안 아무런 위협을 받지 않다가 겪게 된 일이니 유일한 가능성이었다.

"테이프! 정말 저걸 노린 것이라면 내용에 뭔가 있다는 말인가?"

철컥—!

그때 사무실 문이 열리면서 조해성 검사가 얼굴을 내밀었다. 조해성도 고진봉에게 연락을 받아 이제야 지검으로 도착했다.

"어떻게 된 겁니까?"

고진봉이 방금 전 들은 설명을 조해성에게 해주었다. 그 설명에 조해성의 표정도 구겨질 수밖에 없었다.

"도대체 어떤 녀석들이 사무관을⋯⋯."

"일단 저것부터 확인하자."

"뭘 말입니까?"

유태진의 지시에 조해성은 김정훈의 몸 상태를 살펴보다가 되물었다.

"항만 CCTV테이프. 김 사무관의 말로는 저것 때문에 노려진 것 같다더군."

"아, 알겠습니다."

우우우웅—! 우우우웅—!

그때 조해성의 주머니에서 핸드폰이 울렸다.

"잠시만 전화 좀 받고 오겠습니다. 갑작스럽게 집에서 나오다 보니 검사장님이 전화를 하셨나봅니다."

그들도 조성우 검사장이 조해성의 아버지란 것을 잘 알기에 이해했다.

"받고 오게."

"실례하겠습니다."

조해성은 사무실에서 나가 주변을 살폈다. 그리고 더욱 깊숙한 곳을 찾더니 비상계단으로 들어섰다.

"전화 바꿨습니다."

—어찌 된 거냐.

수화기 너머로 냉랭하면서도 무거운 조성우의 목소리가 흘러나왔다.

"김정훈 사무관은 멀쩡합니다. 거기다 CCTV테이프도 문제없이 지검으로 들어왔습니다."

그들도 김정훈을 노린 작전에 대해 알고 있었다. 애초에 그의 이동수단과 도착예정 시간을 두 사람이 천익에 알려줬으니 당연했다.

—정말 제대로 처리하는 일이 하나도 없군.

"어떻게 할까요? 지금 유태진 부장검사가 직접 테이프를 확인한다고 합니다."

두 사람도 CCTV에 무엇이 찍혀 있을지 몰랐다. 그저 천익에서 청탁을 받아 깔끔하게 처리되길 바라고 있을 뿐이었다. 하지만 일이 틀어져버렸다. 거기다 부장검사인 유태진은 동료를 끔찍하게 생각하는 인물이다. 김정훈 사무관이 노려졌단 것을 알았으니 가만있을 리가 없었다.

당연히 어떤 식으로든 사건을 파헤칠 것이 확실했다.

—골치 아프게 됐어. 일단 네가 조치할 수 있는 방법부터 찾아보도록.

"알겠습니다. 아버님."

통화를 마친 조해성은 비상계단에서 나와 다시 특수부 사무실로 걸어갔다.

IIS서울지부에서는 차준혁과 주상원이 만났다.

"녀석들이 점점 과격하게 나오는 것 같습니다."

주상원은 아침이 되자 지검 사무관의 문제가 해결된 상황 때문에 차준혁을 호출한 것이다.

"그자들에게는 예상 밖의 사태였을 테니까요."

"이런 식으로 흔적을 남길 줄은 생각도 못했습니다."

겨레회는 그동안 천익을 찾아내기 위해 수많은 노력을 해왔다. 하지만 겨레단이 괴멸하면서 모습을 숨길 수밖에 없었다. 차준혁은 그런 이들의 노력을 한순간에 날려버리듯 천익의 뿌리를 하나씩 밝혀냈다. 거기다 천익을 조급하게 만들기까지 했으니 놀랄 뿐이었다.

"사람은 다급할수록 실수를 하죠. 그런 마음으로 뭘 준비하든 간에 구멍만 가득할 뿐입니다."

"보면 볼수록 신기합니다. 그리고 무섭군요."

"제가 말입니까?"

지금까지 보여준 실력만으로도 주상원은 자칫 적이 될 뻔했던 차준혁을 두려워했다. 만약 관계를 완화시키지 못하고 적으로 맞섰다면 천익처럼 모든 것이 까발려질 것이 분명했다.

"지금은 다행이라 생각됩니다."

"저는 아무런 죄도 없는 곳을 들쑤실 생각은 없습니다. 겨레회가 그런 집단은 아니지 않습니까."

"맞습니다. 그래서 다행이지요."

주상원은 자신만만한 차준혁의 모습을 보다가 USB를 내밀며 다시 입을 열었다.

"저번에 조사를 맡았던 사항입니다. 지금 확인해보시겠습니까? 일단 유력해 보이는 사람들로만 추린 것입니다."

USB를 받아 든 차준혁은 자리에서 일어났다. 그들이 있던 자리는 IIS서울지부 정보사무실이다. 일부러 국장사무실이 아닌 이곳에서 대화를 나누고 있었다.

"공무원들 중에서 해외에서 입양된 사람들이군요."

"맞습니다. 최근까지 합격하여 들어간 사람들을 포함하면 총 53명입니다. 그들은 딱히 눈에 띄지도 않으면서 적당한 시기에 진급은 꼬박꼬박 하더군요."

USB의 내용을 화면에 띄운 차준혁은 한 명씩 확인하기 시작했다. 그중에 미래의 기억으로 남아 있는 사람들도 발견할 수 있었다.

'홍이명이나 조해성 같은 사람이겠어.'

유명해질 사람이라면 떡잎부터 달랐을 것이다. 당연히 젊은 시절에도 유능함을 보였을 것인데, 이상하게도 웬만큼 위치에 올라서야 두각을 나타냈다.

물론 지금은 미래가 아니었기에 사회에서 유명해지기 전이었다.

"검찰과 경찰, 각 관청에 속해 있군요."

"절차상으로는 국외로 입양이 되었다가 버려지고 한국에 다시 입양된 것이라고 나옵니다. 입양으로 신분을 완전히 세탁했으니 공무원이 되는데 아무런 문제가 없었겠죠. 거기다 양부가 고위관직자이니까요."

그의 말처럼 53명의 양부모들은 정치적, 경제적으로 상

 268

당한 위치였다. 당연히 입양 자체는 그들의 선행으로 보일 것이다.

"경제관계자들 중에는 없던가요?"

"거기 다른 폴더를 열어보시면 있을 겁니다."

차준혁의 그가 가리킨 폴더를 찾았다. 그리고 화면으로 띄우자 낯익은 기업의 이름들을 확인할 수 있었다.

"이거 승기가 우리 쪽으로 기우는군요."

"무슨 말씀이십니까?"

자료는 인물들에 대한 신상정보였다. 그것만 가지고 이렇다 할 계획이 세워지지는 않았다.

"이걸 보시죠."

타다다다닥!

자판을 두드린 차준혁은 올 서치 프로그램을 가동시켰다. 이지후가 만지는 중인 75개의 기업체 주식현황이 화면으로 자리 잡았다.

"뭘 하시려는 겁니까?"

"근래에 천익과 관계된 기업들의 동태가 심상치 않습니다. 한 번 알아보니 부실기업들을 이용해서 상당한 수익을 올리려는 것 같더군요."

다른 화면에 띄워진 내용은 지난번에 확인되었던 부실기업 75개의 목록과 경영실태였다. 웬만큼 제품의 영업판매 실적과 수익이 있긴 했지만 성장가능성은 전혀 보이지 않았다. 거기다 공금이 출처를 알 수 없는 곳으로 빠져나간 흔적까지 있었다.

구멍이 숭숭 뚫린 만큼 무너지는 것도 한순간일 것처럼 보였다.

"상황이 좋아보이지는 않는군요. 헌데 저런 회사들을 이용해서 수익을 올릴 수 있습니까?"

75개의 기업들은 대부분 중소기업에서 공장이었다. 그리고 주가도 50,000원에 미치지 않아 이익이 될지 몰랐다.

"화면을 보시면 아시겠지만 75개 기업들이 연일 미묘한 상승폭으로 올라가고 있습니다."

처음에 기업들의 평균 주가는 30,000원 정도였다. 그런데 지금은 어떻게 만져놓은 것인지 40,000원대로 넘어가고 있었다.

며칠에 거쳐 전가대비 30%가 넘게 올라간 것이다. 한 동안 주가변동에서는 미묘한 상승폭으로 올라간 금액이었다. 그러나 근래에 와서 지그재그로 움직인 것을 볼 수가 있었다.

"저긴 왜 저런 겁니까?"

주상원도 지그재그로 된 최근 구간을 이상하게 보았는지 차준혁에게 물었다.

"저희 쪽에서 더 이상 상한가를 치지 못하도록 잡아둔 겁

니다."

"부실기업의 주식을 천익이 사서 무엇에 쓰려는 겁니까?"

천익에서는 매수와 매각을 통해 75개의 기업주식 가격을 천천히 올려댔다. 기업의 신제품이나 신기술 발표 같은 것도 없이 상승시켜야 하는 것이기 때문에 상당한 자금이 들어간다.

손해가 생기는 것이지만 천익이 노린 수였다.

"저희가 추측한 바로는 각 기업들이 조만간 신기술을 발표할 겁니다. 동시에 끼리끼리 개발협력조약을 맺게 되겠죠."

"그렇다면 주가는 폭등하겠군요."

가장 단순한 이치였다. 어떤 기업이든 발전에 필요한 도약을 할 경우 주식거래가 활성화되면서 주가는 엄청나게 뛰어오른다.

"천익이 노린 수가 바로 그것입니다. 폭등한 주식들을 팔아치울 생각인 것이죠."

"설마 그 정보가 가짜인 것입니까?"

주상원은 차준혁의 설명을 듣고 중요한 부분을 예상할 수 있었다. 정보가 진짜라면 오히려 주식을 팔기보다 보전하거나 더 사들여야 하기 때문이다.

"맞습니다. 조사를 해보니 말도 안 되는 이론과 개발과정을 가지고 발표하려는 속셈인 것 같더군요."

이번 천익의 기업주식은 해명그룹에서 주관하고 있었다. 아무리 그들이라도 제대로 된 면식도 없는 기업의 계획을 알기는 불가능했다.

당연히 기업의 관계자와 사전에 말이 오갔을 것이다.

"각 기업의 수뇌부와도 내통해 있습니다. 일이 끝나면 회사는 부도나도록 놔두고 도망을 치겠죠. 어차피 놔둬도 망할 회사였으니 그들로서는 최선의 이익을 추구한 것입니다."

"망할 녀석들이로군요!"

그런 설명에 주상원은 분노를 금치 못했다. 각 기업의 직원들은 아무것도 모르고 있다가 배신당하는 것이나 마찬가지였기 때문이다.

"그래서 제가 훼방을 놓을 겁니다."

"가능하겠습니까?"

"녀석들도 슬슬 움직일 테니 우리도 시작해야죠."

차준혁은 대답과 함께 화면을 주식정보들이 모이는 웹으로 바꾸었다.

해명그룹 트레이드 센터.

박해명은 무난하게 준비되는 과정을 살피기 위해서 그곳을 찾았다.

"어떻게 되고 있나?"

　관리팀장 이병태는 그 물음을 듣자 서류에 나온 상황보고를 시작했다.

"며칠 간 장난질을 치는 녀석들이 있는지 중소기업 쪽 주식변동이 좀 난항이었습니다."

"그 보고는 저번에 하지 않았나."

　지난번에 당했던 만큼 박해명도 주의를 기울였다. 미세한 이상변화만 감지되면 보고를 올리도록 말이다.

　이병태는 그런 이유 때문에 몇 주간 집에도 돌아가지 못했다.

"저희가 관리하는 주식뿐만 아니라 다른 곳도 노린 것을 보아 단타치기를 하는 녀석들 같았습니다. 일단 주가는 회복시켜놨습니다."

"D—Day는?"

"2일 후부터 시작하면 괜찮을 듯싶습니다."

　그동안 이병태는 차명계좌와 페이퍼컴퍼니로 운영 중인 천익의 기업주식들 중 부실기업들만 골라 주가를 올려놨다. 물론 박해명의 지시가 있었기 때문에 해온 일이었다.

"정보를 풀 준비되었나?"

"문제가 없도록 해놨습니다. 뿌리기만 하면 주가는 급격히 뛰어오를 것입니다."

박해명은 이병태가 건넨 두꺼운 서류를 받아보았다. 그 서류에는 75개의 기업의 협약과 신기술발표 계획들이 상세하게 나와 있었다.

대충 훑어본 박해명의 입가에 미소가 자리 잡았다.

"좋군. 현재까지 매집된 주식량은 얼마나 되는가?"

"평균 52%대로 주가는 55,000원대까지 올렸습니다."

원래라면 개인이 50% 이상은 모을 수 없다. 해명그룹에서는 차명으로 매집한 것이라 가능한 것이다. 물론 그만한 주식을 모으는 데 있어 해당기업의 몇몇 주주들도 관련이 되어 있었다.

"예상 수익은 어떻게 되지?"

"날자가 지날수록 떨어지겠지만 최소 15조 원은 될 것이라고 생각됩니다."

주식을 털기 위해서는 서킷브레이크라는 제도를 조심해야 했다. 주식시장 내에서 급등과 급락을 방지하기 위한 시스템으로 하루 15%폭의 거래제한이 존재했다.

당연히 해명그룹에서는 최고점을 찍었을 때에 팔 것이다. 다만 분명히 시스템에 걸릴 것이니 최대한 문제가 없도록 주식을 매각시켜야 했다.

"나쁘지 않군. 그럼 시작하도록 하지."

1차 때 주식사건으로 피해가 조금 있었지만 이번 계획만

성공하면 메우고도 많이 남았다. 거기다 천익과의 관계도 돈독해질 것이니 해명으로서는 상당한 이득이었다.

"알겠습니다. 정보를 업로드 하도록!"

이병태의 지시가 떨어지자 정보를 담당한 직원이 준비해 놨던 정보들을 주식시장 네트워크로 흘렸다. 바로 효과가 나오지는 않겠지만 정보의 가치를 알아본 사람이라면 해당 기업주식으로 뛰어들 것이다.

"팀장님! 이리 와주십시오!"

시간이 흐르던 중에 주식정보를 올렸던 직원이 이병태를 불렀다.

"무슨 일이야?"

"이것 보십시오! 약 3시간 전부터 이런 정보들이 풀리고 있었습니다."

심상치 않은 보고에 박해명도 걸음을 옮겨 직원이 건넨 화면을 보았다.

[건식진공증착을 이용한 비전도체 저가 전도코팅기술은 개발 불가능 결정! 금속에 따른 전도율과 가격이 비례. 저가형 신소재가 개발되지 않은 상황에서는 누구도 이룰 수 없다.]

[기체레이저와 전자빔을 이용한 정화기술 미국 XX기업에서 18개국 특허출원 완료.]

[중소기업 40곳에서 부실채권 은닉. 담보 부족임에도 은행청탁을 통해 상당금액을 대출허가 받음.]

직원이 보던 것은 은밀하게 거래되는 주식정보 웹이었다. 신빙성이 입증된 정보만 나오는 곳이라서 주식 좀 한다는 사람이라면 누구든 돈을 주고 이용했다.

하지만 지금의 정보는 트레이드센터 전 직원의 표정을 굳어지게 만들었다.

"어디서 나온 정보야?"

정보는 3가지뿐만이 아니었다. 그 뒤로 줄줄이 나오는데 죄다 해명그룹에서 몰래 터뜨리려고 했던 정보와 상반된 내용이었다.

"모르겠습니다. 그보다 정보를 입증하는 내용까지 첨부된 상태입니다."

"뭣? 이게 어떻게 된 것인가!"

박해명도 놀란 표정으로 그 내용을 살펴봤다. 직원의 말처럼 신기술에 대해서는 대학의 반증논문까지 첨부되어 있었다. 거기다 부실채권 관련 40곳의 기업 중에 32곳이 주식매각을 준비하던 기업들이다. 다른 내용들도 마찬가지 상황을 만들고 있었다. 이대로라면 주가가 급등하기는 커녕 거래가 거의 없을 것이 뻔했다.

"팀장님! 주가가 하락세로 바뀝니다!"

다른 직원의 보고에 이병태는 정신없이 읽던 내용을 팽개치고 다가섰다. 상극의 정보라면 움직이지 말아야 할 기업들의 주가가 정말 떨어지고 있었다.

"이런 상황에서 누가 매각을 하는 거지? 설마 정보에 휘둘리는 건가?"

하지만 방금 전에 자신들이 기업의 특보를 올렸다. 서로 상충될 것이니 큰 움직임은 없어야 했다.

"뭘 멀뚱하게 서 있나! 일단 막아야 다시 매각시킬 준비를 하지!"

그 모습에 박해명이 급히 다가와 소리쳤다. 이대로 떨어지게 놔두면 소주주까지 위험을 느끼고 던지게 되어 지금까지 올려놓은 주식까지 종이쪼가리가 되어버린다.

동시에 직원들은 하락세를 잡기 위해 주식거래에 몰두했다.

"회장님. 진정하십시오."

뒤로 서 있던 그의 비서가 흥분한 박해명에게 조심스럽게 다가왔다.

"신경 쓰지 말게! 이 팀장! 어떻게든 잡아봐!"

한 쪽은 팔고, 한쪽은 사는 식으로 주가변동 그래프 전쟁이 계속되었다. 그러다 주식보유에 웬만큼 돈을 쏟아부은 해명그룹 쪽에서 탄환이 떨어졌다.

초반 매집 때보다 3~4배나 비싸게 매수한데다가 그동안 쓴 자금이 상당하기 때문이다.

"일단 다른 기업의 주식을 팔아서 메워."

부실기업 외에 사들였던 우량기업의 주식을 말함이었
다. 거기도 웬만큼 올려놨기에 지금 상황에서 팔면 상당한
자금이 되었다.

"알겠습니다. 회장님."

담당 직원들은 바쁘게 움직였다. 자금마련이 되자 떨어
지던 주가를 바로 세우기 위한 작업은 멈추지 않았다.

그 시각. 차준혁은 정보팀에서 이지후와 함께 바쁘게 떨
어지는 주가현황 그래프를 지켜보고 있었다.

"장 마감시간까지 얼마나 남았지?"

"15분. 조금 있으면 끝나."

해명그룹에서는 일부러 장시간이 끝나기 얼마 안 남은
상태에서 정보를 띄웠다. 그래야 주가는 상한가로 마감되
어 사람들의 이목을 더욱 끌 수 있었다.

하지만 차준혁은 그 점을 역으로 이용해 미리 정보를 퍼
뜨렸다. 해명그룹에서 정보를 터뜨리든, 말든 주식이 상
한가를 치지 못하도록 막으면 그만이기 때문이다.

그사이에도 주식은 계속 매각되었다. 그래프라인이 오
르락내리락 하면서도 조금씩 고꾸라졌다.

"일단 오늘은 12% 정도가 끝인가?"

장에서 기업들의 주식은 평균 55,000원대였던 것이 48,000원까지 떨어지면서 마감했다. 지금쯤이면 해명그룹에서는 땅을 치며 탄식을 흘릴 것이다.

"아깝네! 서킷브레이크까지는 걸리면서 끝냈어야 하는데 말이야."

서킷브레이커는 주가변동 폭이 15%가 넘지 못하도록 방지한 장치였다. 거기에 걸리면 모든 거래가 그 시점부터 중단된다.

만약 걸렸다면 해명그룹에서는 시간이 얼마 남지 않은 상태에서 땅만 치게 될 수 있었다.

"12%까지 떨어뜨렸다면 소주주들까지 주식을 던지기 시작했단 거잖아. 지금 상태면 내일부터는 계속 하락하겠지."

"우리가 보유했던 주식은 17%나 남았네. 의외로 사람들이 잘 따라붙어줬어."

기업들의 주가가 10%나 떨어지자 사람들은 겁을 먹고 자신들이 보유한 주식을 던진 것이다. 물론 해명그룹에서도 손을 썼지만 한두 곳도 아닌 기업의 주식을 모두 커버하기는 힘들었다.

"내일부터는 하한가 폭이 더 커지겠지."

"그럼 내일도 지금처럼 한다?"

지금 보유한 주식은 예전에 한 번 떨구면서 낮은 가격에

매집한 것들이다. 이번에 매각하는 가격보다 훨씬 낮기 때
문에 어떤 식으로든 이익을 볼 수밖에 없었다.

"아니. 75개 기업은 그대로 하면서 50개 기업의 주식을
매수해. 아까 보니 해명에서 매수했던 그곳의 주식을 팔아
치우는 것 같더라."

차준혁은 하락 중인 주식변동을 지켜보면서 그런 부분까
지 확인했다. 해명에서 그 주식까지 손을 댈 줄은 몰랐기
에 기회라고 생각하고 있었다.

며칠에 걸친 75곳의 기업주식 전쟁은 참담한 결과를 보
여줬다. 물론 주식만으로 기업의 경영이 크게 흔들리기는
힘들었다. 연일 주식이 하한가 치는 중에 부실기업들의 경
영문제까지 터졌다. 당연히 대주주들은 경영진을 향해 들
고 일어날 수밖에 없었다.

홍주원은 그 때문에 박해명 회장을 급히 찾아가 만났다.
그리고 맞은편에 앉자마자 그의 얼굴을 보며 차가운 목소
리를 내뱉었다.

"어르신께서 이번 일로 많이 실망하셨습니다."

"면목이 없습니다. 일이 그렇게 꼬일 줄은……."

"이유가 무엇이라고 생각하십니까?"

75곳의 주식조작으로 10조가 넘는 돈이 들어와야 했다. 그런데 엄청난 손실만 보고 기업들까지 무너져버렸다. 물론 그룹자체에서도 이번 일에 대해 분석을 했다.

"제가 보기에는 어딘가로 정보가 새어 나간 듯싶습니다. 혹시 천익에서 예상하시는 부분이 있으신지요."

"설마 저희 쪽에서 정보가 흘러나갔다고 여기시는 겁니까?"

오해가 될 수 있는 발언에 홍주원의 미간이 잔뜩 구겨졌다. 위치상 홍주원이 박해명보다 한참 아래였지만 문제가 있다 보니 입장 차이가 오묘했다.

"그런 말이 아닙니다. 매각한 사람들이 동시에 움직일 수는 없지 않습니까. 누군가 배후에 있는 겁니다. 그렇다면 정보를 가지고 있다는 의미가 아닙니까."

박해명은 오해를 풀기 위해 자신이 파악한 사항들을 그에게 설명해줬다.

"무슨 말씀이신지 알겠습니다. 하지만 저희 기업에 대한 정보가 새어나갈 일은 없습니다. 혹시 트레이드센터에서 너무 티가 나게 작업하신 것이 아닌가요?"

"이미 한 번 당했습니다. 그런 일을 겪고도 저희가 조심하지 않았겠습니까."

그 대답에 홍주원은 곰곰이 생각을 해보았다. 사실 천익 본사의 정보가 털렸기에 예상된 배후가 있었다. 아직 정체는 몰랐지만 그들이 재력까지 갖췄다면 지금 상황이 이해되었다. 그래도 주식변동까지 찾아내리라고는 생각하기 힘들었다. 기업들의 주식변동을 매일같이 주시해도 알아내기가 힘들기 때문이다.

"일단 지금의 이익만으로 만족해야겠군요."

"어르신께 누를 끼치고 말았습니다."

"그것도 문제이지만 우량기업들의 주식이 문제입니다. 주식을 대부분 잃었으니……."

천익에서는 125개의 기업 중에서 부실한 기업들만 처리하여 이익을 만들려 했다. 그중에 우량기업들은 나중에도 큰 재산이 되니 순간 차익만 노린 것이다.

하지만 부실기업의 주가를 되살리느라 주식의 일부분을 매각시켜버리는 바람에 그만큼 손실이 생겼다.

"손해에 대해선 보상을 따로 해드리겠습니다."

홍주원은 그런 대답을 들으며 조용히 중얼거렸다.

"일단 12%선까지만 남았군요. 그보다……."

극심한 주가변동으로 인해 금융감독원의 시선까지 받게 될지도 몰랐다. 물론 차명계좌와 페이퍼컴퍼니는 사용해서 추적당하지는 않겠지만 해당 기업들에게 피해가 갈 수도 있었다.

"저희 쪽 일이니 알아서 손을 써보도록 하죠. 웬만큼은 무난하게 넘어갈 수 있을 겁니다."

해명그룹도 기업이 거대한 만큼 정경계에 힘을 가지고 있었다. 그건 천익도 마찬가지였지만 굳이 불필요한 일을 대신해준다고 하니 싫을 리가 없었다.

"감사합니다. 잘 부탁드리지요."

"허면… 해명그룹도 같은 배를 탄 것으로 생각해도 될런지요."

"당연한 말씀을 하시는군요. 그만큼 힘을 써주셨는데 달리 생각할 것이 있겠습니까."

홍주원은 그와 악수를 나눈 후에 사무실에서 나왔다. 엘리베이터의 올라탄 그의 표정이 싸늘하게 굳어졌다.

"박해명 회장이라면 쓸모가 많겠지."

현재 해명그룹은 각 계열사들이 자잘하게 흔들리고 있었다. 물론 그 원인은 모이라였다. 각종 신진사업으로 엄청난 이익을 보고 있으니 동일계열사를 소유한 해명그룹에게도 피해가 생겨났다.

그 틈을 노려 천익이 접근했다. 물론 해명그룹에서도 피해만 보고 그들과 손잡을 필요가 없었다.

해명그룹은 김태선을 노리고 있기 때문이다. 차기대권 주자의 힘을 실어준다면 그만큼의 특권이 주어졌다.

2차 주식소동 이후로 몇 주가 흘렀다. 차준혁은 자신의 사무실 한가운데 서서 몸을 풀고 있었다.

"후우… 이 정도면 완치가 된 건가?"

부러졌던 갈비뼈가 완전히 붙었는지 허리를 비틀어도 통증이 느껴지지 않았다.

"뭐 하세요?"

그사이 안으로 들어온 신지연이 보며 물었다.

"몸이 찌뿌둥해서요."

"이제 괜찮은 거예요?"

신지연의 걱정 때문에 차준혁은 업무제약까지 받으면서 지내왔다. 그래서 더욱 힘차게 허리를 돌렸다.

"멀쩡해요."

"그보다 뉴스를 좀 보셔야 할 것 같아요."

TV에서는 최근부터 화제가 된 315명의 입양인 문제가 흘러나왔다.

[양산시 인근에서 발견된 청소년 202명과 부산항만에서 불법침입으로 검거된 성인 117명에 관한 소식입니다. 검찰 측에서 수사진행이 더딘 가운데 지구당교라는 신진 사이비종교가 주목받고 있습니다.]

[최근 전라남도 강진군에서 시작된 지구당교는 마약성 식물을 이용해 교인들을 전도하여 세력을 넓혔다고 알려

졌습니다. 이번에 경찰수사를 통해 지구당교의 세력이 대거 검거되는 중 이번에 발견된 성인들의 신상정보가 나왔다고 합니다.]

"저건 무슨 개소리⋯⋯."

차준혁은 너무 어이가 없어서 자신도 모르게 욕부터 흘러나왔다.

"사실이에요. 그 때문에 검찰도 지구당교를 중심으로 수사할 것 같아요. 어떻게 저런 것이 발견된 건지."

그에 대해서 신지연도 확인해봤는지 한숨을 내쉬며 말했다. 사건의 진짜 원인을 그녀도 잘 알고 있으니 화가 날 수밖에 없었다.

"녀석들이 그 지구당교를 들먹일 줄은 정말 꿈에도 생각 못했네요."

"알고 있는 곳이에요?"

해가 또 한 번 지난 현재는 2008년이었다. 차준혁은 2016년에서 회귀해 왔기에 향후 8년간의 큰 미래를 대략적으로 알고 있었다. 물론 지구당교도 그 미래 속에 포함되었다.

'4년 후쯤이었나. 지구당교에서 설립한 재단과 학교 때문에 전국이 난리가 났던 것이⋯⋯.'

조용히 생각하던 차준혁은 신지연에게 자신이 알고 있던

지구당교에 대해 설명해주었다.

"지구당교는 무시무시한 사이비 종교로 2016년까지도 사람들의 입에 오르내렸어요. 수많은 사건에 연루되었지만 오랜 세월 쌓아온 인맥과 비리로 무너지기는커녕 기반을 다져갔죠."

"정말요? 하지만 지금은……."

뉴스에서는 검찰이 조사 중인 지구당교에 대한 소식으로 이어지고 있었다. 이번에 터진 일로 지구당교의 본부와 준비 중이던 기반은 완전히 무너지고 말았다.

"맞아요. 지구당교는 끝이 났네요. 그런데 이 소식을 처음 발표한 매체사가 어딘지 알아요?"

검찰에서 지구당교의 본 모습을 알고 수사했다면 차준혁도 정보를 접했을 것이다. 그러나 지역 경찰의 수사를 통해서 지구당교가 밝혀졌다. 본래 미래에서는 없던 일이니 정보의 출처가 따로 있을 것이 분명했다.

"대일신문이에요. 거기서 첫 보도를 하면서 다른 매체사로 퍼져 나갔어요."

"대일신문이요?"

김정구와 같은 천근초위 중 하나인 곳이다. 그런 대답에 차준혁은 놀랄 수밖에 없었다. 신지연도 어렵지 않게 예상되는지 걱정스런 표정을 짓고 있었다.

"준혁 씨가 말한 미래에서 바뀐 것이라면 거기서 손을 쓴

것이겠죠?"

"확실할 거예요. 그렇지 않고서야 관계도 없는 곳이 저런 식으로 드러날 리가 없으니까요."

315명의 청소년과 성인들은 오직 천익에서 위장으로 입양시켜 교육해온 인재들이었다. 당연히 지구당교와는 전혀 관계가 없었다. 하지만 그 사실을 모르는 사람들에게 이번 소식은 유일한 사실처럼 들리게 될 것이다. 특히 검찰에서까지 수사방향을 지구당교로 잡는다면 확실화된 것이나 마찬가지였다.

"그럼 이제 어떻게 해요?"

"이러한 상황에서 우리가 손쓸 수 있는 일은 없을 것 같아요. 괜히 대외적으로 나섰다가 흔적만 남길 수 있으니까요."

"저기는 나섰잖아요."

대일신문의 말도 안 되는 소식을 시작해서 증거까지 발견된 것이다. 당연히 검찰 쪽도 그 방향으로 움직일 수밖에 없었다.

"우리에게는 잘 된 일이죠. 녀석들이 하나씩 모습을 드러내기 시작한 것이니까요."

분명 해당지역 경찰에도 천익의 사람이 있었다. 그렇지 않고서야 발견된 지구당교의 증거를 조작하기는 힘들었다.

"저들이 앞으로 계속 이번처럼 나설까요?"

오랫동안 천근초위는 모습을 드러내지 않았다. 암암리로 활동하며 자신들의 이익만 추구했다.

"315명의 사람들이 어떻게 될지 지켜봐야죠. 지금 상황이라면 다른 움직임이 있을 거예요. 그리고 미래에 해악을 끼칠 지구당교를 그들 손으로 없애줬으니 다행인 부분도 있네요."

차준혁은 예상지 못한 방법으로 첫 1패를 겪었다. 그러나 문제가 될 부분도 같이 해결되었기에 나쁘지 않은 결과였다.

〈다음 권에 계속〉